Cascade POLICIER



COLLECTION
Cascade

LOIS DUNCAN

# NE TE RETOURNE PAS

RAGEOT-ÉDITEUR

Collection dirigée par Caroline Westberg

Cet ouvrage a paru aux U.S.A. sous le titre :
DON'T LOOK BEHIND YOU
chez Delacorte Press Bantam Doubleday Dell
Publishing Group, Inc.New York, U.S.A.
Traduction : Ariane Bataille
Couverture : Gilbert Raffin
ISBN 2-7002-2368-3
ISSN 1142-8252

# 1

Pour nous, le monde a basculé un mardi après-midi de mai.

Nous, c'est-à-dire la famille Corrigan. Nous sommes quatre, sans compter Lorelei. Mon père travaillait dans une compagnie aérienne, la Southern Skyways ; ma mère écrivait des livres pour enfants. Bram (George Bramwell Junior), mon petit frère, allait encore à l'école primaire de Crestwood. Sa plus grande fierté : avoir un œil bleu et l'autre marron. Moi, je m'appelais April et j'étais en première. Ma plus grande fierté : être dans l'équipe de tennis de Springside Academy.

Aujourd'hui, tout a changé.

Nous habitions à Norwood, au sud de Washington D.C. Le printemps est une saison magique en Virginie. Ce jour-là, je me suis éveillée au milieu des chants d'oiseaux et des rayons du soleil. Je suis restée allongée sans bouger ; je me sentais si bien que je n'avais pas envie de faire l'effort de me lever, je voulais profiter de la douceur du soleil sur mes paupières et des parfums délicats qui montaient du jardin.

Aujourd'hui, si je ferme les yeux, j'arrive encore à sentir ces fleurs. Je crois que c'étaient des jacinthes.

Quand j'ai enfin ouvert les yeux, le soleil coulait à flots dans ma chambre par la fenêtre ouverte. Le prisme en cristal que Steve m'avait offert pour mes dix-sept ans, deux semaines plus tôt, « symbole d'une année pleine d'arcs-en-ciel », tournoyait au bout de son cordon en projetant sur les murs des reflets multicolores.

Ma chambre ne ressemblait pas à une chambre d'adolescente. Elle était entièrement meublée d'antiquités données par ma grand-mère Lorelei lorsqu'elle avait vendu sa maison : un lit à colonnes en merisier avec la commode assortie, une coiffeuse surmontée d'un miroir ovale au cadre doré, un rocking-chair aux bras sculptés garni d'un coussin en velours bleu, et un coffre en bois de camphre, souvenir d'un voyage en Orient de mes grands-parents.

J'y avais ajouté ma touche personnelle : une bibliothèque bourrée à craquer de mes romans favoris, mes disques et ma chaîne stéréo à côté du lit, et mes trophées de tennis exposés sur une étagère, sous la fenêtre.

Sur la coiffeuse, la photo de Steve me souriait malicieusement. Ce sourire avait quelque chose de contagieux. Je lui ai souri à mon tour en clignant des yeux pour en chasser le sommeil. Puis mon regard s'est dirigé vers la porte du placard. Derrière cette porte, ma première robe longue attendait la soirée de fin d'année qui avait lieu quatre jours plus tard.

J'ai sauté du lit pour aller à la salle de bains. Comme je passais devant la fenêtre, une brise légère a agité les rideaux et fait virevolter joyeusement le prisme qui a éclaboussé mon pyjama d'arcs-en-ciel.

Je me suis brossé les dents, habillée, puis attelée pendant dix bonnes minutes au tressage de mes longs cheveux blonds que j'ai ramenés sur ma tête en une composition des plus sophistiquées. L'heure tournait, je me suis précipitée au rez-de-chaussée. Ma mère et mon frère étaient déjà installés à la table de la cuisine avec Porky, notre gros cocker roux qui avait pris position juste en-dessous. Bram était en train de faire disparaître consciencieusement ses céréales sous une avalanche de sucre. Absorbée par la lecture du journal, maman ne voyait rien.

– Du nouveau sur le procès ? ai-je lancé en guise de bonjour.

– S'il y en a, ce n'est pas dans le journal, a répondu ma mère.

– J'aimerais bien que la situation s'éclaircisse et que papa rentre à la maison. Ils pourraient au moins le laisser revenir pour les week-ends.

J'ai sorti un verre du placard et le jus d'orange du réfrigérateur.

Levant les yeux de son journal, maman a surpris le manège de Bram.

– Ne me dis pas que tu rajoutes du sucre sur des céréales déjà sucrées !

– Juste un tout petit peu, a répondu Bram en appuyant sa cuiller sur le monticule de sucre afin de le noyer dans une mer de lait.

– La dernière fois que tu es allé chez le dentiste, il t'a trouvé trois caries !

Comme toujours, lorsque les choses tournaient mal pour lui, Bram a dévié la conversation :

– Je peux dormir chez Chris, samedi soir ?

– Je croyais qu'il venait coucher ici vendredi ?

– Oui, mais le samedi on peut avoir deux cassettes pour le prix d'une à *Vidéo Plus*. On va prendre les *Freddy*.

– Et quand vous serez grands, vous vous ferez construire deux maisons l'une à côté de l'autre ?

– Chris et moi, on épousera deux sœurs. Comme ça, on vivra ensemble, et elles pourront faire la cuisine à tour de rôle.

Ma mère s'est tournée vers moi :

– Assieds-toi et mange quelque chose, April. Tu ne vas pas rester le ventre vide jusqu'au déjeuner.

– Je n'ai pas le temps. Je suis en retard. Steve va arriver d'une minute à l'autre.

Comme pour me donner raison, une voiture klaxonna.

– Qu'est-ce que je te disais !

J'ai avalé mon jus d'orange en une gorgée.

– Je rentrerai tard aujourd'hui. J'ai un entraînement après les cours.

Une demi-seconde plus tard, j'étais dehors. L'auto de Steve était arrêtée au bord du trottoir, moteur en marche. J'ai jeté mes livres par la fenêtre et ouvert la portière. Steve m'a attirée contre lui pour me faire une bise. Sa bouche a manqué la mienne et atterri sur le bout de mon nez.

– Rapunzel, Rapunzel, laisse tomber tes cheveux !

Et pour me taquiner, il a tiré sur ma couronne de tresses.

– Gare à toi si tu les défais, l'ai-je menacé pour rire. Je ne pourrai jamais me recoiffer sans miroir !

– Ne t'inquiète pas, je ne vais pas démolir un tel chef-d'œuvre.

Il m'a embrassée à nouveau, sans rater son objectif cette fois.

– Mmmm, dentifrice et jus d'orange, mes parfums préférés.

– Trois minutes plus tard, je sentais les céréales.

– Ta mère milite en faveur des petits-déjeuners consistants, maintenant ?

– Je ne sais pas ce qu'elle a. D'habitude, quand mon père s'absente, elle n'est pas particulièrement tendue, mais depuis quelques jours, elle nous materne dès qu'il a le dos tourné.

– Il est parti depuis combien de temps, deux semaines ?

– Plus que ça. Plutôt trois et demie.

– Mets-toi à sa place. Ce n'est pas étonnant qu'elle soit sur les nerfs. Tu t'imagines, si on était séparés aussi longtemps ?

Tenant le volant de la main gauche, il a glissé son bras droit autour de moi et m'a serrée contre lui. J'ai posé la tête sur son épaule avec un soupir de satisfaction.

– Tu as raison, trois semaines, ce serait l'enfer. J'espère que nous ne serons jamais obligés de nous séparer, même pas trois jours.

Je sortais avec Steve depuis Noël. Nous nous étions découverts à une soirée chez Sherry. Je dis « découverts » parce que ce n'est pas là que nous nous sommes vraiment rencontrés. Nous avions fait connaissance au conseil des élèves lorsque nous étions l'un et l'autre chef de classe.

Mais nous nous connaissions uniquement de vue. Au lycée, on peut facilement suivre des chemins parallèles, se dire bonjour sans aller plus loin. Nous n'avions jamais eu de cours en commun, Steve déjeunait au premier service, je déjeunais au second. Je jouais au tennis et j'appartenais à l'équipe des majorettes tandis qu'il organisait le ciné-club et faisait partie du conseil d'administration. Quand je sortais, ce qui arrivait souvent, c'était en général avec des sportifs. Steve, lui, préférait les intellectuelles.

Il était venu à la fête de Sherry avec une fille qui s'appelait Valérie, et moi avec Bobby Charo. Ce soir-là, ça n'allait pas fort entre Bobby et moi. Il était arrivé en retard à la maison et je ne lui avais pas adressé la parole dans la voiture. En représailles, il avait fait du charme à Valérie qui avait sauté sur l'occasion pour rendre Steve jaloux. Si bien qu'au milieu de la soirée, tandis que Bobby et elle dansaient enlacés dans un coin obscur, je m'étais retrouvée assise devant la cheminée en compagnie de Steve.

Steve les avait désignés d'un geste :

– Hé bien, qu'en penses-tu ? Essaieraient-ils de nous faire comprendre quelque chose ?

– Qu'ils fassent ce qu'ils veulent, ça m'est complètement égal. Bobby est libre de danser avec qui il veut. C'est un ami, rien de plus.

Pour dire la vérité, j'étais absolument furieuse. Je n'avais pas l'habitude qu'on me traite de cette façon. Bobby s'était montré très prévenant à l'entraînement de tennis et je pensais qu'il serait à mes pieds toute la soirée.

Steve a pris ma main :

– On n'a pas besoin d'« amis » comme eux. Viens danser.

Il m'avait aidée à me relever. Il ne m'avait fallu qu'une minute pour me retrouver confortablement installée au creux de ses bras, en train de flotter au rythme lent et doux de la musique. Il dansait nettement mieux que Bobby.

Steve avait murmuré :

– Je me suis toujours dit que ce serait agréable de danser joue contre joue. Et j'ai enfin trouvé une fille assez grande pour ça.

Sa joue était douce contre la mienne, un cheveu d'ange s'était pris dans ses épais cheveux bruns. Par-dessus son épaule, je voyais scintiller les petites lampes de l'arbre, comme des lucioles vertes et rouges. L'ambiance était magique. Je m'étais même étonnée de ne plus avoir envie de surveiller Bobby.

La chanson terminée, je m'apprêtais à retourner m'asseoir, mais Steve m'avait retenue :

– Tu as l'intention de me laisser danser le menton calé sur la tête d'une demi-portion ?

– Quel horrible supplice, avais-je répondu en riant.

Reprenant ma place entre ses bras, j'y étais restée jusqu'à la fin de la soirée.

Au moment de partir, Bobby était réapparu à mes côtés. Steve lui avait lancé un regard propre à congeler un ours polaire.

– Puisqu'on a échangé nos partenaires, continuons jusqu'au bout. Raccompagne Valérie chez elle, je m'occupe d'April.

Plus tard, quand j'avais raconté à Sherry ce qui s'était passé, elle m'avait déclaré avec une pointe d'envie :

– Ça y est ! Tu as rencontré le Prince Charmant !

Elle avait repéré Steve depuis le début de l'année.

Cinq mois plus tard, l'ambiance magique n'avait pas disparu. En fait, j'avais l'impression qu'elle s'intensifiait chaque jour.

Sur le chemin du lycée, Steve m'a demandé :

– Qu'est-ce qui se passe pour ton père ? Tu ne m'as jamais expliqué pourquoi il était coincé à Washington. Quel rapport avec le type inculpé pour trafic de drogue ?

– Monsieur Loftin est l'un des gros bonnets de la Southern Skyways. Il a fait plusieurs voyages d'affaires en Amérique du Sud avec papa, mais évidemment mon père n'a rien à voir dans ce trafic. Il serait incapable de reconnaître de la cocaïne, même si on en saupoudrait ses céréales.

– C'est peut-être justement parce qu'il est honnête qu'il est si précieux. La défense a probablement envisagé de le présenter comme témoin.

– Je n'en sais pas plus que toi. Papa n'a pas le droit de nous parler. Nous sommes informés par les journaux, c'est tout.

Steve a rangé sa voiture dans le parking réservé

aux élèves. La première cloche sonnait déjà quand nous avons franchi la porte du lycée.

Au début, ce fut une journée comme une autre. Le professeur d'histoire nous a fait un laïus d'une heure sur la Rome antique. En cours d'anglais, M. Peyton nous a donné tout le dernier acte d'Hamlet à étudier, ce qui a provoqué les gémissements de circonstance. Puis le remplaçant du prof d'algèbre nous a laissé faire ce qu'on voulait pourvu que ce soit sans bruit. La routine en somme, rien qui aurait pu me préparer à la crise que j'allais vivre, aucun prologue à la grande scène du « jour où le monde bascula ».

Comme je ne déjeunais pas à la même heure que Steve, je suis allée à la cafétéria avec Sherry et quelques copines. Après avoir avalé un sandwich, je me suis rendue au gymnase afin de voir si la sélection pour le tournoi de tennis de Virginie était affichée : je jouais en simple… et en double avec Jodi.

J'ai vu Steve le temps que nous nous donnions rendez-vous après l'entraînement de tennis.

Le premier cours de l'après-midi était celui de Mme Guthrie : informatique. Je l'avais choisi à cause de ma mère qui est persuadée que, sans une bonne maîtrise du clavier et de l'écran, on n'a aucun avenir. Normal, elle est écrivain. Ce jour-là, il fallait, en un temps donné, aligner des chiffres en colonnes. Je me concentrais tellement sur ce que je faisais que j'ai à peine réagi à l'appel de mon nom.

– April ? April Corrigan, on te demande au bureau du conseiller d'éducation.

– Est-ce que je peux d'abord terminer mon devoir ? ai-je demandé à Mme Guthrie.

– Non, allez-y tout de suite. Et prenez vos affaires.

Plus intriguée qu'inquiète, j'ai ramassé mes livres et mes cahiers puis recouvert l'ordinateur de sa housse. Les claviers cliquetaient comme un barrage de tirs de mitraillettes.

À l'exception d'un surveillant posté au pied de l'escalier et d'une fille qui buvait un verre d'eau à la fontaine, le couloir était vide.

J'ai ouvert la porte du secrétariat et je suis entrée. Assis sur un banc, deux garçons, le nez en sang, se mesuraient du regard en attendant manifestement une nouvelle occasion de se taper dessus. Un peu plus loin, une fille rousse à la mine renfrognée mâchait ostensiblement un chewing-gum.

La secrétaire était occupée au téléphone. Tout à coup, la porte de l'un des bureaux s'est ouverte à la volée et quelqu'un que je ne m'attendais absolument pas à voir ici a fait irruption dans la pièce.

– Viens avec moi, April, a-t-elle dit d'un ton qui n'admettait aucune réplique. J'ai signé ton autorisation de sortie.

C'était Lorelei.

# 2

Lorelei n'a rien d'une grand-mère classique. Elle ressemble à une véritable gravure de mode, blonde, sans une ride.

J'étais tellement fière d'elle que je ne m'étais jamais aperçue, avant d'entrer au lycée, qu'on la regardait d'un drôle d'œil. Mes professeurs la trouvaient intimidante et mes camarades de classe, habitués à leurs douces mamies ridées, la considéraient comme une extraterrestre.

Quand je l'ai vue ce jour-là, j'ai été très surprise car maman et elle ne se parlaient plus depuis des semaines. Ce qui leur arrivait souvent d'ailleurs ; dotées de deux personnalités totalement différentes, elles ne pouvaient s'empêcher de s'opposer constamment sous n'importe quel prétexte.

– Comment ça, tu as signé mon autorisation de sortie ? Je ne peux pas quitter le lycée. J'ai entraînement de tennis tout à l'heure.

– J'ai bien peur que tu ne sois obligée de le rater aujourd'hui. Ta mère m'a demandé de venir te chercher.

– Je croyais que vous étiez fâchées.

– Quelle idée saugrenue ! Allez, viens April. Nous poursuivrons notre conversation en voiture.

Obéissante, je l'ai suivie jusqu'au parking des visiteurs où elle avait laissé sa Porsche blanche. En attachant ma ceinture de sécurité, je lui ai demandé :

– Bon, maintenant que nous sommes seules, est-ce que tu vas m'expliquer ce qui se passe ?

– Je n'en ai pas la moindre idée. Comme je te l'ai dit, ta mère m'a téléphoné – ou plutôt fait appeler à mon club – pour que je vienne te chercher en voiture au lycée.

– Tu ne lui as pas demandé pourquoi ?

– Bien sûr que je lui ai demandé ! Elle a répondu qu'elle ne pouvait pas parler. Elle paraissait si bouleversée que je n'ai pas insisté et j'ai sauté dans ma voiture.

Perdues dans nos pensées, nous avons à peine parlé pendant le reste du trajet.

Il y avait une voiture dans l'allée, à côté du break de ma mère. Lorelei a donc été obligée de garer sa Porsche dans la rue. Elle n'a fait aucune réflexion, chose extraordinaire qui n'a fait qu'amplifier la bizarrerie de la situation. Lorelei prend grand soin de son bolide et ne le laisse jamais dans la rue.

Dès que nous sommes entrées, mon frère s'est précipité dans le hall, Porky jappant sur ses talons. Il avait les yeux brillants d'excitation :

– Devine quoi ? On part en mini-vac !

– Qu'est-ce que tu racontes ?

« Mini-vac » est une expression que mes parents ont inventée quand j'étais petite pour désigner des vacances très courtes ou une sortie en famille.

En glissant un œil dans le séjour, j'ai vu ma mère, assise sur le canapé, en train de parler avec un homme d'une quarantaine d'années. En nous entendant entrer, ils se sont retournés. Un frisson d'appréhension m'a saisie quand j'ai vu l'expression de leurs visages.

– Oncle Max ! Ça fait un temps fou qu'on ne t'a pas vu !

– Salut, April ! Tu es de plus en plus jolie.

Je me sentais surtout de plus en plus nerveuse. Max ne souriait pas. Or je ne me souvenais pas l'avoir jamais vu sans ce large sourire qui illumine toute sa figure.

Sans son éternel sourire, le visage de Max était beaucoup moins séduisant, et strié de rides que je n'avais jamais remarquées.

– Lorelei, a dit ma mère, tu te souviens de Max Barber, bien sûr. George et lui sont des amis d'enfance.

– Je me souviens aussi que c'est un agent du F.B.I. Vu l'ambiance, j'en déduis que nous ne sommes pas ici pour prendre le thé.

Max a lancé un coup d'œil à ma mère qui a repris :

– Je vais le leur dire moi-même.

Elle a laissé passer un moment, comme si elle cherchait les mots appropriés.

– Mes enfants, il s'est passé ce matin quelque chose de terrible. Quelqu'un, dans la salle d'audience, a tiré sur votre père.

Dans le silence qui a suivi ses paroles a plané un doute terrible.

J'ai réussi à murmurer :

– Tu veux dire que papa a été tué ?

– Non ! Bien sûr que non ! Je suis navrée de vous avoir fait peur. La balle n'a pas atteint sa cible, papa n'a pas été touché. Max est venu de

Washington pour nous mettre au courant. Il ne voulait pas qu'on l'apprenne par la télévision.

Bram était livide, on ne voyait plus que ses taches de rousseur. Complètement secoué, il a demandé :

– Pourquoi on veut tuer papa ?

– Pour l'empêcher de témoigner, dit Max. Je te promets qu'à partir de maintenant, il est sérieusement protégé.

Lorelei a ajouté, comme si c'était une évidence :

– Bien entendu, vous avez arrêté le tireur.

– Malheureusement non. Aussi incroyable que cela puisse paraître, personne n'a vraiment vu ce qui s'était passé. Comme l'audience venait juste d'être levée pour le déjeuner, les allées étaient pleines de monde. En plus, celui qui a tiré s'est servi d'un silencieux et George n'a pas réagi tout de suite, puisqu'il n'avait pas été touché. Alors, le temps que la sécurité bloque les sorties, la majorité du public était déjà dehors.

– Je ne comprends pas, ai-je dit. Qui pourrait penser que papa...

Maman m'a coupé la parole :

– Nous en reparlerons plus tard. Pour l'instant, tu vas monter dans ta chambre et mettre quelques affaires dans ton sac. Nous partons un jour ou deux.

S'adressant à Max, Lorelei a demandé :

– Où les conduisez-vous ? Certainement pas rejoindre George, ce ne serait pas sûr pour eux.

– Je n'ai pas l'intention de les emmener à Washington. C'est bien le dernier endroit où la famille de George doit se trouver en ce moment. Ils ne courent sans doute aucun danger ici, à Norwood, mais nous ne pouvons pas prendre de risques inutiles, et pour cela, le mieux est de quitter la maison.

J'ai fait une nouvelle tentative :

– Mais qu'est-ce que papa pourrait avoir à leur dire...

Maman m'a de nouveau coupé la parole :

– April, je t'en prie, ne pose pas de question. Ce n'est pas le moment. Monte dans ta chambre et prépare ton sac. Max nous emmène à l'hôtel pour ce soir.

Avec le sentiment soudain de jouer un rôle dans une série policière, je suis montée dans ma chambre, comme on me l'ordonnait. Mon sac était rangé dans le placard, là où je l'avais fourré après mon dernier week-end chez Sherry. En l'ouvrant, je me suis aperçue que je ne l'avais même pas vidé. Il contenait encore mon pyjama, le dernier numéro de *Seventeen*, une enveloppe timbrée avec un bon de commande adressé à une maison de disques, mon sweat-shirt violet préféré, celui que je cherchais partout depuis, et un jean que je croyais avoir définitivement égaré.

D'être restés aussi longtemps dans un sac, mes vêtements sentaient le renfermé. Je suis allée les mettre dans le panier à linge sale de la salle de bains.

Une fois revenue dans ma chambre, j'ai essayé de me concentrer sur ce que je devais emporter. Si on allait au *Colonial Inn,* il me fallait une robe pour le dîner.

J'aurais sans doute dû avoir peur, pourtant je ne ressentais rien de tel. En fait, je ne parvenais tout simplement pas à réaliser ce qui arrivait. J'ai décroché une robe en coton blanc de son cintre et l'ai rangée dans mon sac avec une paire de chaussures à talons et un collant. J'ai ajouté un jean en bon état, une chemise, des sous-vêtements de rechange, un pyjama, ma brosse à dents et mon séchoir à cheveux. Au dernier moment, j'ai pensé à mon maillot de bain. Dans certains hôtels, il y a des piscines chauffées.

Lorsque je suis redescendue, tout le monde était rassemblé dans l'entrée. Maman avait une valise, Bram son sac à dos. Un étranger qui nous aurait vus à cet instant aurait pensé que nous partions en vacances.

Bram, spécialiste du changement d'humeur éclair, était passé de la peur à la surexcitation. Il tirait sur la manche de Max :

– Et Porky ? On l'emmène avec nous ? Il n'est jamais allé à l'hôtel !

– Les chiens ne sont pas admis dans les chambres d'hôtel, Bram. Mais je suis certain que ta grand-mère s'en occupera au mieux.

– Lorelei déteste Porky. Elle dit qu'il aboie sans arrêt. Je vais demander à Chris de le prendre chez lui.

– Non, pas question de parler ou de téléphoner à qui que ce soit a déclaré Max. Personne ne doit savoir où vous allez.

– Mais Porky ne peut pas rester tout seul à la maison !

– Je vais m'en occuper, l'a rassuré Lorelei. Il y a un joli petit chenil dans la même rue que mon club d'aérobic. Je suis sûre que Porky y sera très bien.

Maman a fait le tour de la maison pour vérifier que portes et fenêtres étaient fermées ; puis nous sommes sortis et montés dans la voiture de Max.

Porky a voulu sauter pour nous rejoindre mais Bram l'a repoussé.

– Tu restes avec Lorelei.

Porky a poussé un gémissement plaintif. Il n'apprécie pas plus notre grand-mère qu'elle ne l'apprécie.

– Appelez-moi ce soir, que je sache où vous êtes.

Maman a secoué la tête :

– Tu as entendu ce que Max a dit.

– Mais moi, ce n'est pas pareil ! Pour l'amour du ciel, Elizabeth, je suis ta mère quand même !

– Désolé, madame Gilbert, Liz a raison. Ni les enfants ni elle ne doivent téléphoner. Vous comprendrez naturellement que leur sécurité passe avant tout.

Il s'est installé au volant et a démarré. Instinctivement, je me suis retournée. Notre maison était au centre de la lunette arrière, comme un tableau dans son cadre ; le jardin resplendissait des couleurs du printemps avec ses tulipes rouges et jaunes, ses premiers iris, ses pensées et ses azalées. Le prunier à feuilles pourpres était en pleine floraison.

Quand la voiture a tourné le coin de la rue, le tableau a disparu.

Au lieu de prendre la direction du *Colonial Inn*, comme je m'y attendais, Max a pris celle du centre-ville. À ma grande surprise, il s'est arrêté devant le Federal Building pour entrer dans le parking souterrain réservé aux véhicules officiels.

Là, il a présenté une carte au gardien qui nous a laissés passer. Nous sommes descendus jusqu'au dernier niveau et Max s'est garé à côté d'un van Volkswagen.

Un homme aux cheveux gris était au volant. Il nous a jeté un coup d'œil puis a hoché la tête avant de déclarer :

– Je commençais à croire qu'on m'avait posé un lapin.

– Faire sortir les enfants de l'école a pris plus de temps que prévu, a dit Max.

Puis il s'est tourné vers ma mère pour faire les présentations :

– Liz, voici Jim Peterson qui sera votre garde du corps pendant quelques jours.

– Comment ? Tu ne restes pas avec nous ?

– Il faut que je retourne à Washington, Liz. Je dois vérifier que George y est en sécurité. Vous ne pouvez pas être entre de meilleures mains. Jim est un ancien flic et un pro en matière de protection rapprochée.

– Ne vous inquiétez pas, madame Corrigan. J'ai une femme, trois enfants et sept petits-enfants. Je ne voudrais pas qu'on touche à un seul de leurs cheveux. Je ne laisserai personne vous faire du mal.

Les deux hommes ont mis les bagages dans le van, puis nous sommes montés derrière, maman, Bram et moi. Il y avait une banquette de chaque côté. Maman s'est assise sur l'une des deux avec Bram, et moi sur l'autre.

– On a procédé à un échange de véhicule au cas où quelqu'un nous aurait suivis. C'est peu probable, mais on ne sait jamais.

Max a passé la tête par la portière pour nous parler. Il avait retrouvé son sourire charmeur et serrait la main de maman dans les siennes pour la rassurer.

– Tiens bon, Liz, et essaye de ne pas trop t'inquiéter. Quand George a accepté de travailler pour nous, nous lui avons promis que sa famille ne risquerait rien.

Il s'est écarté et a fermé la porte à glissière. Les vitres étaient teintées. Nous étions plongés dans la pénombre.

Jim Peterson a mis le contact, le van s'est ébranlé en vrombissant.

– Alors, peux-tu enfin me dire ce qui se passe, maman ? Ce n'est pas possible que quelqu'un ait voulu tuer papa ! Le directeur d'une compagnie de fret aérien ne peut pas représenter une menace !

– Votre père est plus qu'un directeur de compagnie aérienne.

La lumière était trop faible pour que je puisse voir l'expression du visage de ma mère.

– Si nous n'avons pas vu Max depuis plus d'un an, c'est qu'il a délibérément gardé ses distances pour dissimuler leur amitié. Depuis notre dernier dîner avec Max à la maison, ton père est agent du F.B.I.

# 3

Nous ne sommes pas allés au *Colonial Inn*. Nous avons roulé pendant plus de deux heures. Lorsque Jim Peterson a fini par arrêter le van à la porte de l'hôtel *Mayflower*, dans les environs de Richmond, mes yeux s'étaient tellement habitués à la pénombre qu'en descendant, j'ai été saisie par la clarté du jour.

Bram lorgnait le gratte-ciel d'un air dubitatif renforcé par son regard bleu et marron qui déconcertait tant les gens.

– C'est là qu'on s'installe ?

– Oui, a répondu Jim. Nous y avons une réservation au nom de Peterson. Nous utiliserons mon nom tant que nous resterons ici.

Si le *Mayflower* n'avait rien de l'élégance désuète du *Colonial Inn*, il compensait par sa taille ce qui lui manquait de charme. Le hall était vaste, agrémenté d'une rangée de boutiques. Tandis que Jim remplissait une fiche à la réception, un groom se hâta de prendre nos bagages et un voiturier en uniforme s'occupa du van. Un ascenseur futuriste, en verre, nous emporta au quatorzième étage, jusqu'à notre « chambre » qui se révéla être une suite composée d'un salon, de deux chambres et de deux salles de bains.

Bram, qui avait déjà ouvert les portes vitrées donnant sur un balcon, a hurlé :

– Hé ! Viens voir, April, il y a une piscine méga-géniale !

– Super ! J'ai eu raison d'emporter mon maillot de bain.

Pendant que Jim donnait un pourboire au groom, ma mère s'est assise sur le canapé et j'ai rejoint mon frère sur le balcon.

Bram s'est penché sur la balustrade pour mieux voir le patio du rez-de-chaussée au milieu duquel scintillait une piscine turquoise entourée de chaises longues jaunes.

– Zut ! J'aurais dû prendre mon maillot de bain !

– On t'en trouvera bien un demain, lui ai-je répondu. Il y en a sûrement dans les boutiques du hall.

– C'est maintenant que j'ai chaud. Je n'ai pas envie d'attendre demain. Oncle Max aurait pu nous dire qu'il y avait une piscine !

Je l'ai laissé râler dans son coin et je suis retournée dans le salon. Le groom était parti, laissant nos valises bien rangées dans l'entrée. Jim mettait la chaîne de sécurité et maman regardait sans la voir une peinture accrochée en face d'elle, l'air aussi épuisée que si elle venait de passer douze heures d'affilée sur son ordinateur.

Jim lui a demandé avec sollicitude :

– Ça va, madame Corrigan ?

– Non. Je ne me sens pas dans mon assiette. Mais, au fait, vous ne pensez pas que vous devriez m'appeler Liz ? Étant donné que nous partageons une suite, nous sommes censés appartenir à la même famille, non ?

– D'accord. Disons que je suis votre père, ou votre oncle.

Il s'est assis sur une chaise, devant elle. Je devinais la peau rose de son crâne sous les mèches grises et soudain, il m'a rappelé mon grand-père Clyde. Même sa voix pleine d'entrain et de sérieux m'évoquait la sienne. J'en ai ressenti un pincement au cœur.

– Bram, tu veux venir ici ? Il faut que nous parlions de certaines choses.

Bram est rentré dans la pièce, la chemise déboutonnée. De toute évidence, il se préparait à descendre à la piscine.

– Vous croyez qu'on me laisserait me baigner en short ? J'en ai un qui ressemble un peu à un maillot de bain.

– Je suis désolé, mais tu ne peux pas te baigner ici, a déclaré Jim. Si quelqu'un vous recherche, il va se renseigner dans tous les hôtels.

– Mais personne ne sait que nous nous trouvons à Richmond !

– J'espère que tu as raison, April, mais nous ne sommes sûrs de rien.

– Je vous en prie, les enfants, faites ce que Jim vous demande, sans discuter, il essaye seulement de nous protéger.

– Nous protéger de quoi ? Quelqu'un va tenter de nous noyer, c'est ça ?

Abasourdie par la tournure que prenait la conversation, j'ai continué :

– Et ce soir, dans la salle à manger ? Il va falloir dîner la tête sous la serviette ?

– Nous ne dînerons pas dans la salle à manger, a expliqué Jim, mais dans ce salon.

– Vous voulez dire qu'on va rester enfermés ici comme des prisonniers ?

En prononçant ces mots, j'avais tendu la main vers le téléphone posé sur la table basse.

– Et vous allez aussi m'interdire d'appeler mon petit ami pour le prévenir de ne pas venir ce soir ?

– Tu sais parfaitement ce qui a été convenu au sujet du téléphone, a répliqué Jim.

– Mais j'ai rendez-vous avec Steve ! Imaginez qu'il arrive à la maison et qu'il la trouve vide. Il m'a déjà manquée cet après-midi après l'entraînement de tennis. Il ne va rien comprendre, s'inquiéter.

Maman a essayé de me raisonner :

– Calme-toi. Ce n'est pas la fin du monde. Dans un jour ou deux, nous serons de retour à la maison et tu pourras tout lui expliquer.

– Tu ne dirais pas ça si c'était papa qui s'inquiétait !

De minute en minute, je me sentais plus frustrée :

– Cette histoire d'espionnage est ridicule !

Une bonne réplique de sortie de scène, mais le problème, c'est que je n'avais nulle part où aller. Nous n'étions même pas autorisés à sortir dans le couloir. Le seul refuge possible était l'une des deux chambres. Furieuse, je me suis dirigée à grandes enjambées vers la plus proche dont j'ai claqué la porte. Puis j'ai regardé autour de moi en cherchant ce que j'allais faire. La chambre ne m'offrait pas beaucoup de choix. Elle contenait deux lits extra-larges, deux commodes, un poste de télévision... et un téléphone !

Telle Ève devant la pomme, j'étais fascinée par ce poste de plastique beige à touches. Il me suffisait de composer le numéro de Steve, d'annuler le rendez-vous et de lui expliquer pourquoi. Ne me retrouvant pas, il avait dû rentrer chez lui.

J'avançais déjà la main vers l'appareil lorsque la sonnerie a retenti d'une façon si inattendue que, sans réfléchir une seconde, j'ai aussitôt décroché.

J'aurais laissé échappé un « allô» machinal si la voix de Jim ne m'avait pas retenue ; j'ai réalisé qu'il avait pris la communication dans le salon, sans doute exactement en même temps que moi.

– ... assez bien, tout compte fait, disait-il. Si quelqu'un nous a suivis, il est resté invisible. D'où appelez-vous ? Du bureau ?

La voix qui lui répondit était celle de Max.

– Je suis chez ma fille, j'utilise son téléphone : ultra-sûr, aucun mouchard. Tout va bien là-bas ? Liz tient le coup ?

– Aussi bien que possible. Évidemment, elle s'inquiète beaucoup pour son mari. Attendez une seconde, elle veut vous dire quelque chose.

Il y eut un silence assez bref puis la voix de ma mère qui disait :

– Je veux parler à George, Max.

– Je vais m'arranger pour qu'il t'appelle demain. Il n'est pas avec moi pour le moment ;

j'appelle de chez Susie. George a une chambre à l'hôtel et un garde du corps personnel. Mais on ne peut pas le laisser téléphoner de là-bas. Trop de gens ont accès au standard et ce n'est un secret pour personne que nos témoins sont logés dans cet hôtel.

– Est-ce qu'il va bien, au moins ?

– Oui, rassure-toi. Après ce qui s'est passé aujourd'hui, le procès va se dérouler à huis clos. Seuls le jury et les avocats seront admis dans la salle d'audience.

– Je me sentirais nettement mieux si je pouvais entendre le son de sa voix.

– Je vais faire le maximum. Repasse-moi Jim maintenant, s'il te plaît. J'ai encore deux ou trois choses à voir avec lui.

Un autre silence, puis la voix de Jim :

– Oui, Max ?

– Que ceci reste entre nous mais une lettre par porteur est arrivée aujourd'hui pour George. Dieu merci, nous avons pu l'intercepter à temps. S'il l'avait lue, jamais on n'aurait pu le décider à venir à la barre demain. On lui fait clairement comprendre que sa famille est menacée.

– Vous ne pouvez...

– Non, c'est certain, nous ne pouvons pas le lui cacher indéfiniment, mais vingt-quatre heures, oui. S'il sait que sa famille est en danger, il risque fort de se dérober. Et on ne peut pas se permettre de le perdre. D'autant que les choses vont se corser dès que notre agent aura épinglé Loftin. C'est le premier domino de la rangée qui va tomber.

– Ça veut dire qu'on ne bouge pas d'ici pour le moment.

– Pas question que les Corrigan posent un doigt de pied hors de leur chambre. La situation s'annonce plus délicate que nous ne l'avions prévu. George possède des informations si compromettantes qu'il peut faire sauter la poudrière.

– Compris. Vous pouvez me rendre un petit service ? Appelez Della pour lui dire que je ne rentrerai pas à la maison ce week-end. On avait projeté d'emmener les petits-enfants en pique-nique. Qu'elle prévienne les gosses qu'on remettra ça à la semaine prochaine.

– Je le lui dirai. Mais ne faites pas de promesses. Il est impossible de savoir combien de temps vous allez rester coincés.

– Ça prendra le temps qu'il faudra. Je savais, en acceptant ce boulot, qu'il ne s'agissait pas d'une partie de plaisir. Comme je vous l'ai dit, pourtant, je commence à me faire vieux ; vous êtes sûr que vous ne pouvez pas m'envoyer du renfort ?

– Vous vous en sortirez très bien, Jim. Vous êtes un vrai pro. Pas besoin de doubler la garde quand on est planqué dans une forteresse. Je rappellerai demain pour faire le point.

Deux claquements brefs, puis le son de la ligne libérée.

J'ai reposé le combiné soigneusement, tout en essayant d'intégrer l'énormité de ce que je venais d'entendre. Jusqu'à maintenant, je me représentais notre aventure comme un épisode d'une série télé qui débute et s'arrête à heure fixe. Et je découvrais soudain avec angoisse que l'heure de fin n'avait pas été programmée. Des bribes du dialogue surpris au téléphone me revenaient, soulevant des questions pour lesquelles je n'avais pas de réponses. « Les choses vont se corser dès que notre agent aura épinglé Loftin.» Qu'est-ce que mon père pouvait donc avoir de si important à dire ? Qu'est-ce que c'était que cette histoire de « dominos » que papa allait faire tomber ? Pourquoi ne pourrait-on pas bouger d'ici ?

Mais la question la plus importante était : devais-je tout raconter à maman ? Cela servirait-il à quelque chose de lui répéter ce que j'avais entendu ? Elle ne pouvait pas en discuter avec papa avant de l'avoir au bout du fil, et il serait alors au courant de la lettre. Non, maman était déjà assez bouleversée comme ça. En plus, avouer que j'avais écouté à leur insu ne m'emballait pas trop.

On frappa un petit coup et Bram apparut dans l'entrebâillement de la porte :

– Maman te fait dire que le dîner est servi. Tu viens ou tu continues à bouder ?

– Je ne boude pas. Bien sûr que je viens dîner avec vous.

J'ai essayé de ne pas penser à Steve et j'ai rejoint les autres au salon. Jim avait commandé des côtelettes d'agneau pour tout le monde.

# 4

Ainsi que Max l'avait promis, papa a appelé le mercredi soir. Le téléphone a sonné pendant le dîner ; maman est allée dans notre chambre et elle a fermé la porte, Bram et moi attendions avec impatience notre tour. Elle est restée enfermée vingt minutes ; quand elle est revenue au salon, on voyait bien qu'elle avait pleuré et on a compris que papa n'était plus en ligne.

– Nous avons parlé trop longtemps, il a dû raccrocher. Changement de programme : nous ne rentrons plus à la maison vendredi.

– Mais Chris doit venir dormir ! a protesté Bram.

– J'ai bien peur que non. Nous allons rester ici jusqu'à Dieu sait quand. Ça ne me plaît pas non plus, mais c'est comme ça. D'après papa, nous ne serions pas en sécurité à la maison, pas tant que le procès n'est pas terminé. Je suis désolée, April, tu vas rater la fête de fin d'année.

La fête ! Dans l'effervescence, je l'avais oubliée ! Dire que j'avais gommé de mon esprit l'événement le plus important de l'année scolaire ! Je me suis sentie complètement abattue :

– Steve dirige le comité des fêtes. Il sera obligé d'y aller, avec ou sans moi.

– Je suis navrée, ma chérie, je sais ce que ça représente pour toi. On te le revaudra, d'une façon ou d'une autre, je te le promets.

– C'est impossible. C'est la dernière année de Steve au lycée. Et le pire, c'est que je ne peux même pas le prévenir !

– Prends du dessert, tu en as besoin, a déclaré Jim.

Mais le plat qu'il me tendait lui a glissé des doigts et un gâteau a atterri sur mes genoux.

– Oh ! Désolé. Si mes articulations me jouent des tours, c'est qu'il va pleuvoir.

– Il peut bien tomber des cordes ! Nous ne risquons pas d'être mouillés, bouclés comme nous le sommes dans cette prison de luxe !

Je me suis ruée dans la salle de bains pour nettoyer mon jean (c'était le seul que j'avais emporté). Puis j'ai regardé la télé jusqu'à ce qu'il soit l'heure de se coucher.

Le lendemain matin, Jim est descendu dans le hall acheter un journal. La tentative d'assassinat sur la personne de mon père ne faisait pas la une, mais on lui consacrait quand même quatre colonnes en page trois. L'article présentait papa comme « un employé d'une compagnie aérienne travaillant en secret pour le compte du gouvernement » et révélait qu'au cours des derniers mois il avait accompagné deux fois Richard Loftin en Amérique du Sud. D'après le témoignage de papa, ils avaient rapporté de la cocaïne à ces deux occasions. « Nos valises en étaient pleines. En arrivant aux États-Unis, nous ne sommes pas allés chercher nos bagages afin d'éviter l'inspection des douanes. Les bagages non réclamés sont enfermés dans des coffres, à l'aéroport, il suffit de les récupérer plus tard et de les livrer aux dealers.»

J'ai lu l'article deux fois, de la première à la dernière ligne, trop abasourdie pour vraiment comprendre. J'avais l'impression qu'on parlait d'un étranger. Mon père, cet homme paisible et plutôt conformiste, ne pouvait pas être mêlé à un trafic de drogue ! Quand maman m'avait appris qu'il travaillait pour le gouvernement, je l'avais imaginé en train de fouiner discrètement du côté des registres et des livres de comptes, ce qui était déjà difficile à concevoir. Jamais je n'aurais pensé qu'il soit impliqué à ce point !

– Mais c'est fou ! Papa n'a rien d'un aventurier. Lui qui attend toujours que le feu soit rouge pour traverser, même une rue déserte !

– Mets ça sur le compte d'un maître de la manipulation. Max mène ton père par le bout du nez depuis leur enfance à Pittsburgh.

Incrédule, j'ai regardé maman en ouvrant des grands yeux.

– Je croyais que tu aimais bien Max !

– Max est le meilleur ami de ton père, j'ai essayé. Mais à dire vrai, j'ai toujours éprouvé une certaine réticence. Depuis le début, je trouve qu'il exerce trop d'influence sur papa. Votre père admire beaucoup Max : serein et macho, dégoulinant de charme et de confiance en soi. Jusqu'à son métier qui paraît si terriblement excitant et prestigieux, cent mille fois plus exotique que de diriger une compagnie de fret aérien. Quand Max lui a proposé de jouer les héros, il n'a pas hésité. J'ai tenté tout ce qui était en mon pouvoir pour l'en dissuader mais il se prenait déjà pour James Bond.

– Mais pourquoi Max a-t-il demandé à papa de devenir un espion ? Les services secrets ont des agents entraînés pour ça, non ?

– Le fait que papa n'ait jamais été en relation avec le gouvernement était un élément infiniment précieux. Il travaille à la Southern Skyways depuis des années. Se servir d'un homme en place et qui possède la confiance des autres est beaucoup plus efficace que d'essayer d'en infiltrer un nouveau.

– Le procès va durer combien de temps ?

– Ce ne sera certainement pas trop long, m'a affirmé maman avec confiance. Les auditions des témoins ont commencé la semaine dernière.

Elle se fourvoyait complètement. Nous sommes restés cloîtrés au *Mayflower* pendant deux semaines et demie. L'attrait de la nouveauté passé, nous nous sommes vite installés dans une routine insupportablement monotone. Le matin, dès que j'ouvrais les yeux, la réalité me frappait de plein fouet. Dans l'autre lit, je voyais ma mère, les yeux fixés au plafond, allongée à côté de Bram qui dormait encore en ronflant doucement. Nous n'avions aucune raison particulière de nous lever alors nous restions au lit, conscientes l'une de l'autre, mais sans rien nous dire, jusqu'à ce que Bram ouvre un œil. Ensuite, nous commandions le petit-déjeuner.

Les repas représentaient les moments les plus intéressants de la journée. Même moi qui ne suis pas fan de petit-déjeuner, j'attendais avec impatience l'arrivée des plats chauds pour voir si les œufs étaient accompagnés de saucisses ou de bacon. Étant autorisés à prendre ce que nous voulions, Bram et moi avions décidé d'essayer tous les plats de la carte. Maman a commandé plusieurs fois des fruits de mer et même du vin au dîner. Et nous nous jetions tous les quatre sur les desserts comme la faim sur le monde. À la fin de la première semaine, j'étais serrée dans mon jean. À la fin de la deuxième, je n'arrivais plus à attacher le bouton du haut et j'étais obligée de porter ma chemise par-dessus.

Mais le plus dur était le manque d'activité. D'un tempérament hyper-actif, Bram ne tient pas cinq minutes en place. Quant à moi, d'ordinaire, j'avais toujours quelque chose à faire. Maman avait certes l'habitude de rester seule à la maison dans la journée, mais elle passait son temps à travailler. Être coincée sans son ordinateur la frustrait davantage que d'être privée de liberté.

Finalement, en désespoir de cause, elle s'est mise à écrire au stylo. Elle s'asseyait au bureau de la chambre et remplissait des pages du papier à en-tête de l'hôtel, sans se soucier des cris de joie et des grognements de déception émis par les concurrents des jeux télévisés favoris de Bram. La télévision était notre seule source de divertissement. Pendant que mon frère la regardait dans la chambre, Jim et moi suivions les feuilletons de l'après-midi dans le salon. Le soir, nous choisissions films ou séries ensemble. Pendant les dix-huit jours qu'a duré notre séjour, les femmes de chambre et les garçons d'étage qui nous apportaient nos repas ont été les seules personnes avec lesquelles nous avons été en contact.

Les nuits étaient encore pires que les journées. Je me sentais engourdie, mais jamais somnolente. Je restais allongée dans mon lit en attendant que le sommeil vienne et j'essayais de faire abstraction des bruits de l'hôtel : l'écoulement de l'eau dans les canalisations, les voix dans le couloir, la musique et les rires montant du bar en plein air. Tous ces sons étaient amplifiés par l'obscurité et par le fait que je m'efforçais de les ignorer. Parfois, j'avais même l'impression d'entendre les lits de la chambre du dessus ou de celle d'en dessous craquer et grincer à chaque mouvement de leurs occupants.

Nous faisions nettoyer notre linge par le service de blanchisserie de l'hôtel et Jim était allé nous acheter des vêtements de rechange dans un centre commercial. Il se chargeait des petites courses indispensables dans les boutiques du hall : dentifrice, déodorant et, plus gênant pour lui, une boîte de tampons périodiques. Matin et soir, il remontait avec le journal. Il avait à peine le temps de refermer la porte que maman le lui arrachait des mains et le feuilletait à toute vitesse jusqu'à ce qu'elle tombe sur la page où l'on parlait du procès. Au fil des jours et des auditions, les articles devenaient de plus en plus courts, jusqu'à ne plus figurer qu'à la rubrique des faits divers. Ce n'est que lorsque le jury se retira pour délibérer qu'on en reparla en première page.

Max nous a appelés dès que le jury a prononcé son verdict. C'était au milieu de l'après-midi ; j'étais sur le balcon, en train d'essayer de me faire bronzer un peu. La sonnerie du téléphone m'a tellement surprise que je n'ai pas réagi immédiatement. Quand je me suis ruée dans le salon, Jim avait déjà décroché.

– Allô? Oui, c'est ce que tout le monde attendait. Vous voulez lui dire vous-même ?

Il marqua une pause avant de tendre l'appareil à maman.

– C'est Max. Le jury a rendu son verdict : coupable.

Le visage de maman s'éclaira.

– Dieu merci !

Elle lui arracha le téléphone des mains.

– C'est fini, Max ? George est retourné à la maison ?

Son sourire se figea.

– Ah ! Son avocat va faire appel... C'est la procédure habituelle... Mais cela n'empêche pas George de rentrer ?

Cette fois, elle se tut un long moment. Des rides se creusèrent entre ses sourcils et elle se mit à tambouriner des doigts sur la table basse.

– Ce que tu me racontes n'a aucun sens. Loftin a très bien pu envoyer ces menaces depuis sa prison... On ne peut pas savoir d'où viennent ces lettres ? C'est ton boulot, après tout... Bon, je suppose que je n'ai pas le choix, mais je ne comprends pas pourquoi tu ne nous l'as pas dit plus tôt.

Elle a raccroché. Bram a poussé un petit cri aigu.

– On rentre à la maison ? Je vais dormir dans ma chambre ce soir ?

– Je crains que non, mon chéri, a répondu maman d'une voix bizarre, nouée. Papa a reçu des lettres de menaces ; d'après Max, nous avons intérêt à rester où nous sommes tant qu'on n'aura pas découvert qui en est l'auteur.

– Mais la remise de diplôme de Steve a lieu ce week-end ! Il faut absolument que j'y assiste, et aussi aux soirées qui vont suivre !

– Je suis désolée, mes chéris, c'est impossible.

– Tu avais promis !

– Je n'ai rien promis, April. J'ai seulement dit que je pensais que nous serions rentrés à temps.

– Alors on est bloqués ici à vie à cause de quelques lettres stupides ! On ne sait même pas si celui qui les a écrites est vraiment dangereux ! Ça court les rues les fous qui s'amusent à écrire des idioties aux gens dont le nom apparaît dans le journal !

– Ce n'est pas la peine de hurler, April. Je n'y peux rien. Tu n'es pas la seule à vouloir rentrer à la maison. Je dois rendre mon livre à mon éditeur au début du mois d'août.

– Même si tu l'envoies en retard, il le publiera ! C'est moi qui vais tout rater : la fête de fin d'année, le diplôme de Steve... Et dire qu'on va peut-être passer l'été ici ! Steve va s'imaginer que je ne reviendrai jamais ! Si Jim ne me laisse pas lui parler, je vais devenir folle !

Je me suis enfuie dans la chambre en claquant la porte. Puis je me suis jetée sur le lit et j'ai éclaté en sanglots. Je ne reconnaissais plus ma mère. Comment pouvait-elle prendre ces lettres au sérieux ? Le procès était terminé ; pourquoi quelqu'un nous voudrait-il du mal ? Et d'ailleurs, avions-nous jamais été en danger ? Un coup de feu avait été tiré, c'est vrai, mais personne n'avait été blessé. Peut-être qu'on avait simplement cherché à effrayer mon père.

Je ne sais pas combien de temps j'ai pleuré, la tête dans l'oreiller, avant d'entendre la porte s'ouvrir.

Peu après, j'ai senti une main sur mon épaule.

– Va-t'en ! Je n'ai pas envie de parler !

La voix qui m'a répondu n'était pas celle que j'attendais.

– Rien ne t'y oblige, dit Jim. Tu as déjà beaucoup trop parlé. Tu as encore besoin de grandir, April. Tu es une gentille gamine, mais tu es bien comme les jeunes d'aujourd'hui : tu t'imagines que, dans la vie, les histoires se terminent toujours bien. Et en plus, tu n'essaies pas de te mettre à la place des gens, tu te considères comme le centre du monde, la victime ou l'héroïne principale tandis que les autres ne sont que de vulgaires figurants.

– Ce n'est pas vrai ! ai-je crié en le regardant à travers mes larmes.

– Alors pense à ta mère. Elle se ronge d'inquiétude pour ton père et elle tient le coup comme elle peut. Elle mérite mieux que tes caprices de sale gosse !

– Ce ne sont pas des caprices ! Je suis amoureuse ! Vous êtes trop vieux pour vous rappeler ce que ça fait ?

– Ma vie privée ne te regarde pas. En revanche, ta vie privée me concerne si elle te met en danger. Je n'ai pas du tout aimé ce que je viens d'entendre dans le salon. Et je te demande de me promettre que tu n'appelleras pas ton petit ami.

– Je ne lui dirai pas où nous sommes. Juste que je vais bien et qu'il me manque.

– C'est absolument hors de question.

– Mais ça ne peut faire de mal à personne ! Vous êtes trop injuste !

– Tu pourrais laisser échapper quelque chose dans la conversation.

– Et alors ? Steve ne le répéterait pas. Vous croyez peut-être que tous les téléphones de l'État sont sur écoute ?

– Tu n'appelleras pas ton petit ami, point final. Je ne quitterai pas cette pièce tant que tu ne me l'auras pas promis.

– D'accord, c'est promis. Vous êtes content ?

– J'aimerais pouvoir te faire confiance.

– Qu'est-ce que vous allez faire, m'enfermer dans un placard ?

– Je vais demander au standard de ne transmettre aucune communication en provenance de cette chambre. Je ne vais pas prendre des risques à cause d'une gamine capricieuse.

Il a quitté la pièce en fermant la porte derrière lui et en me laissant là, bouillant d'indignation. Jamais je n'avais éprouvé une telle colère ! Jim n'avait pas le droit de me traiter de menteuse ! Je ne me laisserais pas intimider de la sorte ! J'avais promis que je ne téléphonerais pas à Steve, mais je n'avais pas précisé que je n'essaierais pas de le joindre autrement.

Poussée par une force incontrôlable, j'ai sauté du lit et traversé la chambre d'un bond jusqu'au bureau. Comme d'habitude, maman avait passé la matinée à travailler et éparpillé un peu partout les feuilles de papier de l'hôtel recouvertes de son écriture nette et inclinée. J'en ai pris une blanche dans le tiroir en prenant soin d'en déchirer l'en-tête. Puis je me suis assise pour écrire une lettre.

*Salut Steve,*

*Un petit mot de ta Rapunzel disparue ! Ah si je pouvais être la vraie princesse du conte de fées, je laisserais mes cheveux tomber du quatorzième étage pour que mon prince puisse y grimper. T'avoir fait faux bond pour la fête de fin d'année m'a rendue malade. Je suis si déçue et malheureuse que je ne trouve pas les mots. J'aimerais pouvoir te dire où je suis, mais je n'en ai pas le droit. Je t'expliquerai tout quand je rentrerai à la maison. Pour l'instant, sois sûr que je pense à toi à chaque seconde et que tu me manques, tu me manques, tu me manques.*

*Je t'aime,*
*«A»*

J'ai relu ma lettre soigneusement après l'avoir achevée. À mes yeux, elle était parfaitement anodine, dénuée de la moindre information réelle. Pourtant, j'ai préféré ajouter un post-scriptum par précaution :

*Ne montre ce mot à personne et détruis-le après l'avoir lu.*

Le problème était maintenant de l'expédier. Je ne pouvais pas l'envoyer dans une enveloppe portant le nom et l'adresse de l'hôtel *Mayflower* imprimés dans un angle. En plus, je n'avais pas de timbre. J'ai bien pensé à me glisser en douce dans le hall pour en acheter un, mais il fallait attendre que Jim soit endormi, et à cette heure-là, les boutiques seraient sûrement fermées.

Soudain, je me suis souvenue du bon de commande des disques. Je l'avais rempli avec Sherry, la dernière fois que j'étais allée passer la nuit chez elle, pour le mettre à la poste le lendemain. Et puis, je l'avais oublié avec mes affaires, dans mon placard. Quand j'avais vidé mon sac pour venir ici, je n'avais pas retiré l'enveloppe...

Oui, elle était toujours là, dans la poche latérale. J'ai pris soin de l'ouvrir en décollant le rabat sans le déchirer puis j'ai glissé ma lettre à l'intérieur, à la place du bon de commande. Je l'ai refermée, j'ai rayé l'adresse des Disques Columbia et écrit le nom et l'adresse de Steve à la place.

Le soir tard, une fois que tout le monde a été endormi, j'ai traversé le salon sur la pointe des pieds et déverrouillé la porte. Ensuite, j'ai retiré la chaîne de sécurité et je me suis glissée dehors. J'avais l'impression que le bruit de mes pieds nus sur la moquette résonnait dans le couloir vide ; je m'attendais à voir s'ouvrir une douzaine de portes et autant d'individus me demander en chœur :« Qu'est-ce qui se passe ?»

Bien sûr, rien n'est arrivé. Je n'ai même pas croisé un client éméché à la recherche de sa chambre après une soirée bien arrosée. Je me suis faufilée jusqu'au bout du couloir, sans voir ni entendre quoi que ce soit, et j'ai laissé tomber la lettre dans la gaine du courrier située entre les ascenseurs. Puis je suis revenue vers notre chambre, j'ai regagné mon lit et sombré dans un sommeil plus profond que les nuits précédentes.

# 5

J'avais posté ma lettre dans la nuit de mardi à mercredi, Steve la recevrait donc vendredi. Dans son quartier, le facteur effectuait sa tournée le matin : étant donné que M. et Mme Chandler travaillaient tous les deux et que Billy n'était pas encore en vacances, ce serait sûrement Steve qui prendrait le courrier dans la boîte.

J'ai passé la plus grande partie de la journée de samedi à m'imaginer sa tête à la vue de l'enveloppe raturée. En fin d'après-midi, je me suis dit :« Il l'a reçue. En ce moment même, il est assis sur son lit, il la lit et la relit tellement il est content d'avoir enfin de mes nouvelles.»

Cette pensée me redonnait un peu de courage. Ce courage m'était nécessaire, car l'ambiance était devenue encore plus déprimante depuis mon altercation avec Jim. Nous nous adressions la parole le moins possible :« Tu me passes le sel, s'il te plaît ?» « Cela ne vous ennuie pas que je change de chaîne ?» Maman ne semblait pas avoir remarqué la tension qui régnait entre nous. Le jour, elle noircissait du papier à son bureau et le soir, elle se couchait de bonne heure.

Éviter la compagnie de Jim n'était pas facile dans un espace aussi restreint, mais j'essayais au maximum. Au lieu de regarder des feuilletons avec lui, je préférais suivre les jeux télévisés avec Bram, dans la chambre, et malgré le temps lourd et humide, je passais les trois quarts de mes journées sur le balcon à lire ou à regarder les clients de l'hôtel plonger dans la piscine quatorze étages plus bas.

Le samedi après-midi, Jim est venu m'y rejoindre.

– Arrête tes enfantillages, faisons la paix.

– Je ne sais pas de quoi vous parlez.

– Allons, cesse tes histoires. Voilà trois jours que tu boudes comme une gamine de deux ans à qui son père a défendu de jouer dans la rue.

– Mais vous me traitez comme si j'avais deux ans ! Et d'abord, vous n'êtes pas mon père. Mon père me fait confiance, lui ! Je vous ai dit que je ne téléphonerais pas à Steve et vous ne m'avez pas crue. Je n'aime pas qu'on me traite de menteuse.

Jim est resté un instant silencieux. Puis, à ma grande surprise, il a dit :

– Excuse-moi. Mais j'avais très peur que tu ne fasses une bêtise et il fallait à tout prix que je t'en empêche.

– Je ne suis pas idiote.

– Pas besoin d'être idiot pour faire des bêtises. En tout cas, je suis désolé de t'avoir blessée.

Ses excuses m'ont rendue honteuse de ma conduite. Quand je l'ai regardé, avec ses cheveux clairsemés, son visage marqué de rides et de pattes-d'oie aux coins des yeux, il m'a tellement rappelé mon grand-père mort quand j'avais douze ans qu'un élan d'affection m'a soudain submergée.

– Moi aussi, je suis désolée. J'ai été méchante. Je ne pensais pas ce que j'ai dit sur votre âge.

– Nous sommes en train de devenir mabouls à force de rester ici. Et si j'allais acheter des jeux de société ? Est-ce que ton frère et toi jouez au *Scrabble*? Ou au *Trivial Pursuit* ?

– Bram fait trop de fautes d'orthographe pour jouer au *Scrabble*. Mais il aime bien le *Monopoly* et le *Cluedo*.

– S'il n'y en a pas dans les boutiques du hall, j'essaierai au centre commercial. On s'est déjà suffisamment intoxiqués comme ça avec la télé pour ne pas continuer un soir de plus.

Après son départ, je suis restée sur le balcon à me débattre avec mes remords. J'avais le sentiment que je n'avais pas été loyale envers lui. Je savais que j'aurais dû lui parler de la lettre que j'avais envoyée à Steve.

Je suis restée encore un moment dehors, essayant de mettre de l'ordre dans mes pensées, quand, vers quatre heures, il s'est mis à tomber quelques gouttes qui m'ont obligée à rentrer. Bram était vautré par terre, dans le salon, comme un zombie, les yeux mi-clos rivés sur la télévision.

– Jim est sorti. Il est allé au centre commercial.

– Il est parti nous acheter des jeux pour ce soir.

– Si seulement je pouvais me baigner, a dit Bram d'un air songeur.

Tout d'un coup, son visage s'est éclairé :

– Si Jim est parti faire des courses, il en a pour

un petit moment. Et comme il commence à pleuvoir, il n'y aura personne à la piscine…

– Pas question. Nous devons respecter les règles de Jim.

En prononçant ces mots, je me suis sentie terriblement hypocrite. J'ai décidé que dès qu'il reviendrait, je lui avouerais tout. Au pire, il m'engueulerait une fois de plus ; ce n'était pas trop cher payer pour m'ôter ce poids de la conscience.

N'ayant rien de mieux à faire jusqu'à son retour, je me suis affalée sur le canapé devant le film, une histoire de chariots perdus dans le désert de l'Arizona. Pendant une demi-heure, nous avons regardé en silence les acteurs être décimés par une épidémie de variole et écouté les cris d'une femme en train d'accoucher.

Les Indiens venaient juste de kidnapper le nouveau-né quand j'ai entendu frapper à la porte. Une voix a annoncé « Service du ménage ! ». Je suis allée regarder par l'œilleton. Une silhouette revêtue de l'uniforme familier des femmes de chambre de l'hôtel se tenait dans le couloir, à côté d'un chariot chargé de draps et de linge de toilette propres.

– C'est la femme de chambre, pour le ménage ! ai-je crié à maman qui travaillait à son bureau. Je lui dis de revenir quand Jim sera là ?

– Il est très tard, on ne peut pas la faire attendre. En plus, je meurs d'envie de prendre une douche et il n'y a plus de serviettes propres.

Alors, j'ai ouvert la porte, et je l'ai aussitôt regretté. J'étais là, une main sur la poignée, l'autre prête à défaire la chaîne. J'ai eu le sentiment étrange que quelque chose n'allait pas. La femme qui était debout dans le couloir n'avait rien de menaçant. Elle était grande, mince, blonde, avec des yeux très sombres. Je ne la reconnaissais pas, ce qui n'était guère surprenant car la plupart des femmes de chambre régulières de l'hôtel étaient remplacées pendant le week-end par des intérimaires. Elle portait la robe chemisier bleu réglementaire, avec *Mayflower* brodé sur la poche de poitrine, et était munie de son matériel de nettoyage. Sa robe était un peu trop large pour elle, un peu trop courte aussi, elle lui arrivait juste au-dessus des genoux ; mais après tout, cela n'avait rien d'étonnant ; si cette femme ne travaillait que le samedi et le dimanche, elle avait peut-être emprunté l'uniforme d'une employée à plein temps.

– Qu'est-ce qu'il y a ? a demandé Bram. Pourquoi tu restes plantée comme ça ?

– Rien.

Je me sentais stupide. Pourtant, je continuais à tenir la porte entrebâillée. Je n'arrivais pas à définir ce qui me dérangeait chez elle ; ce devait être ses yeux. J'avais déjà entendu parler d'yeux « noirs », mais la plupart du temps, on s'aperçoit qu'ils sont en fait marron très foncé. Or ceux de cette femme étaient si noirs que la pupille se confondait avec l'iris, et qu'ils tranchaient nettement sur le reste du visage.

– Pourquoi tu n'ouvres pas la porte ? insista Bram.

J'ai commencé à faire glisser le bout de la chaîne. C'est à cet instant précis que j'ai compris pourquoi je ressentais un malaise. Obnubilée par les yeux de la femme de chambre, je n'avais pas remarqué le reste. Non seulement sa peau était plus sombre sur les joues et le menton, mais ses sourcils étaient d'une teinte différente de celle de ses cheveux.

Ma découverte a dû s'accompagner d'une expression de panique car, avant que j'aie eu le temps d'esquisser un geste, elle s'est jetée sur la porte, épaule en avant : j'ai reculé sous le choc.

– Bram ! Vite ! Aide-moi !

Aucune femme de service ne forcerait la porte ! Et pourtant, c'était exactement ce qu'elle était en train de faire et j'étais incapable de résister à la pression qui s'exerçait contre moi. J'avais la sensation que tout se déroulait au ralenti. Maman était sortie de la chambre et se précipitait à mon secours, mais c'était comme si un million de kilomètres nous séparaient. Je savais qu'elle ne me rejoindrait jamais à temps.

C'est alors qu'à travers l'entrebâillement de la porte j'ai aperçu Jim, à l'autre bout du couloir. Il avançait d'un pas déterminé, les bras chargés de paquets. Soudain, les sacs ont volé et je l'ai vu courir vers moi, la main gauche tendue en avant comme un bélier, la droite fouillant frénétiquement l'intérieur de son veston. À ce moment-là, la femme de chambre a pivoté sur elle-même. Jim a hurlé :« Ferme cette porte, April !» N'étant plus soumise à une forte pression, elle s'est refermée toute seule dans un claquement qui a fait trembler les vitres. J'ai vite remis la chaîne en place et tourné le verrou ; et j'ai attendu, tremblante, choquée, terrorisée, les jambes si molles qu'elles me soutenaient à peine.

Maman m'avait rejointe et s'était plaquée contre la porte bien que, de toute évidence, elle n'ait pas la moindre idée de ce qui se passait. Dans le couloir, on se battait, on se poursuivait ; puis nous sont parvenus le bruit d'un bouchon de champagne qui saute et le fracas du chariot de linge s'écrasant contre le mur.

– Qu'est-ce que c'est que ce bruit ?

Bram réalisait un peu tard qu'il était en train de se passer quelque chose de très excitant.

– Reste où tu es ! a crié maman. Qui était-ce, April ? Que se passe-t-il ici ? Ce n'était pas une femme de chambre !

– Même pas une femme, lui ai-je précisé en tremblant. Elle a de la barbe, et une perruque qui ne va pas avec ses sourcils. Elle... euh... il a essayé d'entrer de force. Si Jim n'était pas arrivé au bon moment, il serait à l'intérieur !

Dans le couloir, le silence était revenu, un silence surnaturel, beaucoup plus effrayant que les bruits de lutte. Prudente, maman a regardé par l'œilleton. J'ai chuchoté :

– Qu'est-ce que tu vois ?

– Rien. Mais ça ne veut pas dire qu'il n'est plus là. Il peut très bien se tenir hors de mon champ de vision, collé contre le mur, juste à côté de la porte. Et Jim, je ne vois pas Jim non plus.

Elle a élevé la voix et appelé :

– Jim ? Vous êtes là ?

Personne n'a répondu. Elle s'est éloignée de

la porte en me prenant par le bras pour me faire reculer avec elle.

– Mettons-nous à l'abri. Si cet homme est armé, il peut tirer à travers la porte.

– Mais Jim est peut-être blessé ! Il faut l'aider !

– Pas question d'ouvrir. Je vais appeler la réception pour les prévenir qu'il y a eu de la bagarre dans le couloir et leur demander de faire monter le service de sécurité.

Moins de cinq minutes plus tard, qui m'ont semblé durer une heure, les agents de la sécurité sont arrivés.

Toujours sur ses gardes, maman a dit :

– Reculez, nous devons nous assurer que c'est bien vous.

Elle s'est approchée de la porte pour regarder par l'œilleton.

– La chaîne de sécurité est mise. Je ne la retire pas, ajouta-t-elle. Que s'est-il passé ? Est-ce que quelqu'un est blessé ?

– Il n'y a rien d'anormal ici. Je ne sais pas ce que vous avez entendu, mais tout est calme à présent.

– Vous voulez dire qu'il n'y a personne dehors ?

– Personne, et aucune trace de quoi que ce soit. En fait, il n'y a pas beaucoup de clients à cet étage aujoud'hui. Nous avons eu un congrès cette semaine, mais il s'est terminé hier et la plupart des gens sont partis.

J'ai chuchoté :

– Le couloir ne peut pas être vide, il y a Jim. On l'a bien entendu se battre avec l'homme déguisé en femme de chambre. C'est complètement dingue... à moins que le type n'ait essayé de se sauver et que Jim ne l'ait poursuivi.

– Ça ne m'emballe pas, mais je vais devoir téléphoner à Max.

Bram, tout pâle, la lèvre inférieure tremblante, est alors intervenu avec une petite voix :

– Oncle Max va être furieux contre toi. Il nous a défendu de téléphoner.

– Jim a disparu. Max a le devoir de nous protéger. Si Jim a des ennuis, c'est le problème de Max.

Elle a essayé de le joindre d'abord à son bureau, puis chez lui. Finalement, elle a laissé un message sur son répondeur. Ensuite, nous nous sommes préparés à une longue et morne soirée d'attente. Le ciel gris s'est obscurci et a fait place à la nuit sans nous gratifier du moindre coucher de soleil. Sur le mur d'en face, les fenêtres se sont éclairées les unes après les autres. Le temps était si humide que le patio, déserté, était plongé dans un étrange silence. Maman refusant d'ouvrir la porte à quiconque, nous avons dîné de crackers, de fromage et de friandises provenant des réserves de Bram. Dehors, la bruine continuait à tomber et zébrait les vitres de traces qui ressemblaient à des larmes.

Max est enfin arrivé à trois heures du matin. Bram s'était endormi sur le canapé, maman et moi somnolions dans des fauteuils.

Il avait un air sinistre et les nouvelles qu'il apportait n'étaient pas rassurantes.

Maman lui a demandé :

– Tu as parlé à Jim ?

Il a secoué la tête.

– Nous ne pouvons pas nous offrir le luxe d'attendre de ses nouvelles. Faites vos valises en quatrième vitesse, nous partons d'ici. Dans dix minutes, cet endroit va fourmiller de flics et de journalistes. Je ne veux pas que la police vous interroge. Elle n'est pas au courant de votre situation et pourrait révéler votre identité.

Nous avons fui dans la nuit comme des criminels en cavale. Bram marchait en dormant à moitié et maman le dirigeait par les épaules. Nous sommes descendus par l'ascenseur de service jusqu'aux cuisines. Nous avons traversé un labyrinthe de comptoirs et de fourneaux jusqu'à la sortie qui donnait sur la rampe de chargement.

La voiture de Max était garée derrière les poubelles. Nous avons chargé les bagages dans le coffre.

Une fois sur l'autoroute, Max s'est retourné vers moi :

– Tu m'as dit qu'il était habillé en femme de chambre. Est-ce que tu as vu son visage ?

– Il portait une perruque. Mais je pense qu'il est brun parce qu'il a des sourcils foncés. Et ses yeux sont si noirs qu'on dirait qu'ils n'ont pas d'iris.

– Je vois qui c'est. Il s'appelle Mike Vamp. J'aurais dû me douter que c'était lui qu'ils vous enverraient.

# 6

Au bout d'une centaine de kilomètres, nous avons atteint Williamsburg. Le ciel commençait à rosir à l'est. Max s'est garé sur le parking d'un motel, aux abords de la ville. Il est sorti de la voiture, a ouvert l'une des portes avec une clef et nous l'avons suivi à l'intérieur.

La pièce était faiblement éclairée ; il m'a fallu un moment avant de voir qu'un homme était allongé sur l'un des deux lits doubles. Lorsqu'il s'est assis, j'ai reconnu mon père.

– Papa ! ai-je crié en me précipitant vers lui.

Il m'a serrée si fort que j'ai cru que mes côtes allaient se briser. Puis il s'est levé et a tendu les bras vers maman.

– Oh, George ! Dieu merci, tu vas bien ! J'ai eu si peur pour toi !

– Tout va bien, a répondu papa en l'étreignant d'un bras et en prenant Bram de l'autre.

Max a refermé la porte à clef et s'est adressé à maman :

– Vous attendrez un peu pour les grandes retrouvailles. Je ne t'ai pas tout dit, Liz.

– C'est-à-dire ?

Papa l'a attirée sur le lit, à côté de lui :

– Viens t'asseoir, ma chérie. Nous devons discuter.

En quelques mots, Max nous a mis au courant de la situation :

– Le procès de Loftin va en appel. Cela signifie que dans moins d'une semaine il sera libéré sous caution. Cela signifie également que si le juge décide qu'il y a eu un vice de procédure, George devra témoigner à nouveau. Il est donc toujours en danger, comme vous tous.

Horrifiée à l'idée de retourner au *Mayflower*, je me suis écriée :

– Mais on ne peut pas passer notre vie à l'hôtel !

– Bien sûr que non. C'était juste une solution de secours, et elle n'a pas été inutile. Mais ce qu'il vous faut, maintenant, c'est une protection radicale et permanente. L'un de vous a-t-il déjà entendu parler du Programme Fédéral de Sécurité des Témoins ?

Maman est devenue livide.

– Ah non, Max, pas question ! Tu ne vas pas nous embarquer là-dedans !

L'ignorant, Max a continué :

– Ce programme est très efficace. Plus de quatorze mille personnes ont déjà été déplacées et aidées à refaire leur vie dans un environnement sûr.

Incrédule, maman a répété :

– Aidées à refaire leur vie ! Mais George et moi sommes très satisfaits de la vie que nous menons ! Nous aimons notre maison, notre métier, nous avons des amis et nos enfants sont heureux dans leurs écoles respectives – comment peux-tu nous parler de refaire notre vie maintenant ?

Je n'avais jamais vu ma mère aussi bouleversée.

– Qu'est-ce que c'est que ça ? De quel programme parlez-vous ? ai-je demandé.

– Le Programme de Sécurité des Témoins comme son nom l'indique, a expliqué papa, est destiné à protéger les gens qui se retrouvent en danger après avoir dénoncé des criminels recherchés par la police fédérale. Le programme prend en charge le déplacement et la réinstallation des témoins et de leur famille. On les emmène en secret dans un autre état où ils changent d'identité afin que personne ne puisse les retrouver.

– Je ne veux pas déménager ! Je ne pourrai plus jouer avec Chris ! s'est écrié Bram.

– Et Steve, alors ! Je ne veux pas quitter Steve ! me suis-je exclamée en écho.

– Je sais combien c'est dur, mes enfants. Je donnerais cher pour ne pas avoir été mêlé à cette histoire. Mais il est trop tard pour regretter à présent. Nous sommes dedans jusqu'au cou. Vous savez que j'ai reçu des lettres de menace. Après ce qui s'est passé hier, nous devons les prendre très au sérieux.

– Celui qui a écrit ces lettres bluffe peut-être, ai-je risqué. Et si ça se trouve, l'homme qui a essayé de s'introduire dans notre chambre cherchait simplement à nous effrayer. On ne sait pas s'il voulait vraiment nous faire du mal.

– Mike Vamp n'est pas un tendre, April. C'est un tueur à gages, l'un des plus redoutables du pays. Et ce n'est pas seulement à cause de son nom qu'on le surnomme « le vampire ». Il flaire le sang, comme s'il en était assoiffé.

J'ai fermé les yeux.

– Je ne veux pas quitter Steve !

– Je crains que tu n'aies pas le choix. Je ne t'ai pas tout dit. Nous avons retrouvé Jim.

– Mais je ne comprends pas... a commencé maman. Alors, pourquoi...

– Si je vous ai fait quitter l'hôtel si rapidement, c'est que je savais qu'il allait être investi par la police. Jim a été tué d'une balle dans la tête. Son corps a été dissimulé dans un placard, au bout du couloir. Il avait une arme, mais apparemment, il n'a pas eu le temps de dégainer.

Abasourdis, nous sommes restés sans réaction. Puis j'ai murmuré dans un souffle :

– Ses mains. Il souffrait d'arthrite aux doigts.

– Il n'aurait pas dû accepter ce boulot, alors. C'était un ancien flic, pas un néophyte, a déclaré Max.

Il a posé une main sur l'épaule de papa et a continué d'une voix chaleureuse, bien que sans sourire :

– Je dois retourner à Richmond voir où en sont les choses. Si j'arrive à rentrer ce soir, je vous appellerai de chez Susie. Demain, je lance le dossier de déplacement. Plus tôt vous serez hors de Virginie, mieux ce sera.

Sur ces mots, il nous a quittés. Papa a refermé la porte à clef, puis il est revenu vers nous et a pris maman dans ses bras.

– Ce qui est arrivé à Jim est tragique, mais Max a raison. Un professionnel ne doit pas agir à la légère. S'il avait une défaillance physique, il n'avait qu'à le dire. S'il ne pouvait pas assumer ce boulot, il devait le refuser.

Maman s'est dégagée.

– Tais-toi, George. Jim était notre ami. Allez vous coucher, les enfants, et essayez de dormir un peu. Peut-être que lorsque nous nous réveillerons, tout cela aura un sens. Ou alors ça n'aura été qu'un cauchemar.

Aussi surprenant que cela puisse paraître, nous avons dormi d'un sommeil lourd, comme si on nous avait administré un somnifère dont l'effet se serait prolongé après notre réveil. Nous avons passé les jours suivants affalés sur nos lits à feuilleter des magazines et à regarder les mêmes jeux insipides et les mêmes feuilletons débiles qu'au *Mayflower*. Mon cerveau était cotonneux, flou, déconnecté de mon corps. Quand je me levais pour changer de chaîne ou pour aller à la salle de bains, j'avais l'impression d'avancer dans le brouillard. Une fois, je me suis même cognée contre l'angle d'un tiroir ouvert sans m'apercevoir que je m'étais fait mal ; ce n'est qu'en prenant une douche que j'ai vu l'énorme bleu qui s'étalait sur ma hanche.

Je me rends compte aujourd'hui que nous étions tous en état de choc. Je savais bien sûr que Jim était mort, et cela me touchait plus profondément que je ne le croyais. À chaque fois que j'entendais une voiture se garer devant le motel, j'espérais voir s'ouvrir la porte et le voir entrer, les bras chargés de jeux de société.

Le journal ne consacra que deux paragraphes à l'assassinat de Jim ainsi qu'une notice nécrologique. Il laissait une femme, deux fils, une fille et tout un assortiment de petits-enfants auxquels je ne pouvais penser autrement qu'à des noms sans visages.

Si j'avais pu assister à l'enterrement, cela aurait été différent. Lorsque grand-père Clyde était mort d'une crise cardiaque, je n'avais pas réussi à admettre sa mort, jusqu'à ce que je le voie dans son cercueil entouré de fleurs. À ce moment-là, seulement, sa mort était devenue une réalité pour moi ; et à ce moment-là, seulement, j'avais commencé à avoir du chagrin.

Étant donné que nous ne pouvions pas aller à l'enterrement de Jim, nous avons essayé de ne pas y penser. La journée a passé, grise, humide ; si Jim avait été là, il aurait eu mal aux mains. Nous avons tiré les rideaux des fenêtres et continué, comme d'habitude, à lire et à regarder la télévision pendant qu'au dehors la pluie s'était mise à tomber, doucement d'abord puis de plus en plus fort, martelant le toit, le trottoir, le parking, et la tombe de Jim Peterson, là-bas, à Norwood.

Max ne nous a pas assigné d'autre garde du corps, ni strictement interdit de quitter notre chambre. Il nous a simplement suggéré d'en sortir le moins possible et de limiter nos déplacements aux cafétérias des motels, et, exceptionnellement, au cinéma, le soir. Il nous a donné la liste des motels dans lesquels il nous avait réservé des chambres ainsi qu'un horaire à respecter strictement qui indiquait pour chaque jour l'heure à laquelle nous devions nous rendre au motel suivant. Tous les soirs, il nous téléphonait de l'appartement de sa fille pour s'assurer que nous étions installés à l'endroit prévu.

Le troisième jour, il nous a prévenus qu'un représentant du Service de Sécurité des Témoins viendrait nous voir le lendemain. Rita Green, une femme maigre, anguleuse, vêtue d'un tailleur-pantalon, est arrivée au milieu de l'après-midi. Elle s'est installée sur une chaise et nous a dévisagés comme si elle s'apprêtait à nous auditionner avant de distribuer les rôles d'un film.

– Je suis ici pour discuter avec vous des dispositions à prendre en ce qui concerne le déplacement. Je suppose que Max vous a mis au courant de la marche à suivre.

Papa est intervenu :

– En fait, il nous en a très peu parlé. J'aimerais que vous nous expliquiez mieux ce qui va se passer.

– La première chose à faire est de vous attribuer de nouvelles identités. Il y a plusieurs façons de les obtenir. Dans un cas comme le vôtre, monsieur Corrigan, nous avons recours à la méthode des « mort-nés ». Nous recherchons dans les registres des naissances un enfant né à peu près la même année que vous, mais décédé. Nous demandons alors un extrait de naissance.

– Et pour ma famille ? Elle est bien obligée de porter le même nom que moi.

– Nous procédons de la même façon pour votre femme. Puis nous nous chargeons d'obtenir un certificat de mariage établi à vos nouveaux noms que nous faisons enregistrer officiellement. Bien entendu, il faut falsifier les certificats de naissance des enfants pour que leur nom de famille corresponde au vôtre. Une fois que vous serez en possession de vos extraits de naissance, vous pourrez demander tous les papiers dont vous aurez besoin, de la carte d'électeur au permis de conduire.

– Et l'école ? a demandé maman. Il nous faudra les dossiers des enfants et les certificats de vaccination, non ?

– Nous nous en occuperons et nous les enverrons directement aux établissements concernés, en provenance d'un collège privé du Vermont que nous utilisons en cas de besoin. Il y a là des gens qui travaillent pour nous. Ils ont davantage d'« anciens élèves » que n'importe quelle autre école des États-Unis.

Plein d'espoir, Bram a demandé :

– Nos notes ne compteront plus, alors ? On peut changer tous les « Peut mieux faire » en « Excellent »?

– Non, c'est le genre de choses que nous préférons éviter. Vos dossiers doivent être conformes à votre niveau. Si ta sœur est nulle en maths, par exemple, et que son professeur ait l'idée de regarder les notes qu'elle a obtenues dans son ancienne école, cela paraîtrait vraiment étrange qu'elle ait été un jour un génie. Moins vous attirerez l'attention sur vous, mieux ce sera. Il ne faut pas que les gens se doutent de quelque chose.

– Où nous envoyez-vous ? a demandé papa.

– Ce n'est pas encore décidé. C'est surtout pour cela je suis venue ici aujourd'hui. Nous voulons vous installer dans un endroit où vous aurez peu de chances de croiser des gens que vous connaissez déjà. J'ai donc besoin d'en savoir un peu plus sur vous.

Papa a commencé :

– Je suis né à Pittsburgh, où j'ai grandi. Ma famille y vit toujours, enfin ce qu'il en reste, c'est-à-dire une tante et quelques cousins. Mes parents et mon frère sont morts dans un accident de voiture au cours de l'été qui a suivi la fin de mes études secondaires. Ensuite, j'ai traîné de droite à gauche, d'un petit boulot à l'autre, comme n'importe quel adolescent désœuvré. Quand j'ai rencontré Liz, je travaillais dans une station de ski. Je ne suis jamais allé à l'ouest du Mississippi, ni plus au sud que Pittsburgh.

– Et vous, madame Corrigan ?

– Je suis fille unique. J'ai toujours vécu à Norwood. Ma mère y vit encore ; elle est très dynamique et a de multiples activités mondaines et charitables. À part elle, je n'ai pas de famille proche, et en dehors des années que j'ai passées à l'université, je n'ai jamais habité un autre état que la Virginie.

– La côte ouest me semble l'endroit idéal. Il est facile de se fondre dans un état aussi grand que la Californie où les gens vont et viennent constamment. Ce n'est pas là-bas qu'on s'inquiétera de savoir d'où vous venez.

– Ce n'est peut-être pas une très bonne idée, a lancé maman. Je pourrais y être reconnue par des libraires et des professeurs d'anglais.

– Vous êtes en contact avec les écoles californiennes ?

– Liz est écrivain, a expliqué papa. De livres pour enfants. L'année dernière, elle a reçu le prix des Jeunes Lecteurs de Californie qui lui a été remis pendant un congrès national des libraires et, à cette occasion, elle a fait un discours.

– Vous faites beaucoup d'apparitions en public ?

– Seulement lors de rencontres professionnelles.

– Dangereux, a dit Rita en fronçant les sourcils. Où que nous vous installions, vos enfants iront à l'école. Il suffit qu'un professeur vous ait entendue parler pour que tout le monde sache que vous n'êtes pas celle que vous prétendez être.

– Je dois donner une conférence le mois prochain. Comment prévenir les organisateurs que je n'irai pas ?

– Nous nous en chargerons. Donnez-nous le nom et le numéro de téléphone de la personne à contacter, cela sera suffisant.

Rita s'est tournée vers Papa :

– Pas d'autres questions ?

– Avec quel argent vivrons-nous ? Qui va m'embaucher sans références ? a-t-il demandé.

– Nous arrangerons cela. Nous sommes toujours à l'affût de sociétés pas trop chères à acheter. Quand vous êtes propriétaire et directeur de votre propre société, personne ne vous demande de comptes.

– Vous voulez dire que je ne peux pas choisir mon métier ?

Papa n'en revenait pas.

– Pas vraiment, j'en ai peur. Tout dépend de ce dont on dispose.

– Ce n'est pas très encourageant. En général, les affaires qui se vendent à bas prix ne sont pas très florissantes et rapportent peu.

– Nous vous donnerons de l'argent en espèces pour vous dépanner, en attendant que vos biens soient liquidés. Je vais faire établir les papiers nécessaires afin que vous donniez à notre service le pouvoir d'agir en votre nom. Que possédez-vous en dehors de votre maison et de vos meubles ?

– Deux voitures. Un break Volvo au nom de Liz et une berline Chrysler au mien. Nous avons en commun quelques actions et obligations. J'ai aussi un plan d'épargne retraite à la compagnie aérienne, mais je suppose que je peux faire une croix dessus.

– Un avocat se chargera de le récupérer. Vous avez d'autres questions ?

– Oui. Et ma mère ? a demandé maman. Cela fait des semaines que je n'ai eu aucune nouvelle d'elle.

– Max m'a dit qu'il avait contacté madame Gilbert. Il lui a proposé de partir avec vous ; elle a répondu qu'elle ne se sentait pas en danger et qu'elle ne voulait abandonner ni ses amis ni ses activités.

– Mais on ne peut pas disparaître de sa vie comme ça ! s'est écriée maman. Elle a beau être indépendante et têtue, nous sommes sa famille ! Et si elle avait un accident, ou tombait malade ? Il faut qu'elle puisse nous joindre en cas d'urgence.

– Il faut vous faire à l'idée qu'il n'y aura pas de cas d'urgence. Au point où en sont les choses, c'est vous qui êtes en danger, pas votre mère. Ce programme implique que vous rompiez vos attaches avec le passé. C'est très dur, je le sais, mais il n'y a aucune autre possibilité.

Soudain, Bram s'est manifesté :

– Et Porky, qu'est-ce qu'il va devenir ?

– Porky ?

Rita l'a regardé avec des grands yeux.

– Mon chien. Ma grand-mère l'a placé dans un chenil. Il a sûrement peur que je ne revienne pas le chercher.

– Ta grand-mère s'en occupera, j'en suis certaine.

Elle allait détourner la tête quand elle a remarqué ses yeux.

– Est-ce un effet de la lumière ou bien cet enfant a-t-il les yeux de deux couleurs différentes ?

– C'est de famille, a dit maman sur la défensive. Mon père avait lui aussi un œil bleu et un œil marron.

– Ça va poser un problème. Quelque chose d'aussi inhabituel ne manquera pas d'attirer l'attention.

– Je pourrais porter des lunettes de soleil, a suggéré Bram, oubliant momentanément Porky.

– Pour le moment, oui, c'est ce qu'il y a de mieux. Mais il faudra que tu mettes des verres de contact le plus tôt possible.

– Des verres de contact ! Ah non, je n'en veux pas !

– Tu ne seras pas obligé de les porter toute ta vie, a dit maman pour le consoler.

– Pendant combien de temps ? ai-je demandé. Pendant combien de temps allons-nous être partis ?

J'étais extrêmement troublée par le fait qu'il ait été question d'un nouveau travail pour papa et de nouvelles écoles pour Bram et moi. Pourquoi envisager de pareilles éventualités ? Il m'avait semblé comprendre que la cour d'appel rendrait son jugement durant l'été. Nous pourrions donc être de retour à Norwood pour la rentrée scolaire.

Avant que Rita n'ait eu le temps de répondre, Bram a éclaté en sanglots hystériques.

– Je ne veux pas de verres de contact ! Et d'abord, Lorelei n'a pas le droit de prendre Porky ! C'est mon chien, pas le sien ! Elle ne l'aime même pas !

La scène qui a suivi fut un tel chaos d'émotions diverses que toute discussion est devenue impossible. Cette nuit-là, après que Bram eut pleuré toutes les larmes de son corps et que Rita fut repartie à Washington, après que nous eûmes dîné de plats cuisinés chinois dans notre chambre et regardé des séries à la télévision, je me suis retrouvée allongée sur mon lit, entourée de ma famille endormie, à contempler sur le mur les lumières projetées par les voitures qui passaient sur l'autoroute, devant le motel. Et, en repensant à cette étrange conversation, je me suis rendu compte que personne n'avait répondu à ma question.

# 7

Cinq jours plus tard, Rita est revenue avec un dossier contenant des papiers officiels dont quatre extraits de naissance et un certificat de mariage.

Mon père s'appelait désormais « Philip Weber », ma mère, « Ellen Paul ». Bram était devenu « Jason Weber », et moi « Valérie Weber », un prénom que j'ai détesté sur-le-champ. Je n'avais jamais trop apprécié le mien qui, à mon avis, faisait assez héroïne de feuilleton à l'eau de rose, mais je savais que je ne pourrais jamais me sentir à l'aise dans la peau d'une « Valérie ». Ce prénom m'a immédiatement évoqué l'ex-petite amie de Steve.

– Je ne veux pas m'appeler « Valérie ». C'est un prénom qui sonne mal. On ne peut pas choisir soi-même ?

– Les prénoms sont le cadet de nos soucis, a rétorqué Rita. Le principal, c'est de parvenir à vous réinsérer quelque part. Vous êtes recherchés activement ; nous voulons vous transférer au plus vite.

– Il s'est passé quelque chose de nouveau ?

– Votre belle-mère a reçu un coup de téléphone d'un homme qui s'est présenté comme étant l'éditeur de madame Corrigan. Il lui a raconté qu'un producteur voulait acheter les droits d'un des livres de sa fille pour en faire un film.

Le visage de maman s'est illuminé d'un vrai sourire, le premier depuis des semaines :

– Il a dit de quel livre il s'agissait ? Pour quel studio ?

Devant le silence de Rita, sa joie est retombée :

– J'imagine que, pour vous, cet appel est une machination.

– Nous savons que c'en est une. Nous avons téléphoné à votre éditeur. La personne qui vous a soi-disant contactée est en vacances. Personne n'est au courant de cette offre.

– Mais oui, c'est évident. Une offre de ce type m'aurait été transmise par mon agent, non par mon éditeur. De plus, ni l'un ni l'autre n'auraient essayé de me joindre chez Lorelei. Je doute même qu'ils connaissent le nom de ma mère.

– Un homme comme Vamp ne recule devant rien.

– Je n'aime pas ça, a dit papa. Quand partons-nous d'ici ?

– Dès ce soir. Tout est arrangé. Je vous ai réservé des places sur le vol de six heures pour la Floride.

– La Floride ! s'est-il exclamé. Mais c'est aberrant ! La Floride est la plaque tournante du trafic de drogue aux États-Unis.

– Justement, Vamp le sait aussi bien que vous. Cela jouera en votre faveur car c'est certainement le dernier endroit où il ira vous chercher. Vous atterrirez à l'aéroport de Sarasota-Bradenton, mais votre destination finale est Grove City, à quatre-vingts kilomètres de là. Vous voyagerez par deux ; vos réservations sont aux noms de « Freeman » et de « Gross ». Ainsi, aucun « Corrigan » ni « Weber » n'apparaîtra sur la liste des passagers.

Jusqu'alors, la vie semblait s'être figée, comme un arrêt sur image. Et voilà que brusquement le film repartait en accéléré, nous précipitant dans une agitation frénétique : en dix minutes, nous avions rassemblé nos affaires, débranché le séchoir à cheveux, bouclé sacs et valises.

Nous étions sur le point de sortir quand Rita nous a arrêtés :

– Attendez une minute. On ne peut pas laisser les cheveux de Valérie comme ça.

Je n'ai pas tout de suite saisi de qui elle parlait. Puis je me suis rappelé que Valérie, c'était moi.

– Qu'est-ce qu'ils ont, mes cheveux ?

– Ils sont trop voyants. Avec leur couleur et leur longueur, tu seras repérée en un clin d'œil. Il faut les couper avant de partir.

– Non ! Je les laisse pousser depuis des années !

Instinctivement, je me suis protégé la tête avec les mains.

– Je mettrai une perruque ou un foulard, mais je ne les couperai pas !

– Ils sont beaucoup trop longs pour tenir sous une perruque et il n'est pas question de mettre un foulard en cette saison. Il y a des particularités physiques qu'on ne peut pas modifier, ce n'est pas le cas de la longueur des cheveux.

Angoissée, je me suis tournée vers ma mère :

– Maman ! Tu ne vas pas la laisser faire ?

Mais je savais déjà que c'était sans espoir.

Maman ne s'est jamais souciée des apparences ; sa coupe de cheveux, courte et séchée en coup de vent, nous consternait, Lorelei et moi.

En moins de temps qu'il n'en faut pour le dire, je me suis retrouvée dans la salle de bains, une serviette de toilette sur les épaules, les yeux fermés pour ne pas voir, dans le miroir, Rita en train de massacrer mes superbes cheveux avec des ciseaux à ongles pendant que maman les ramassait pour les jeter à la poubelle. Cinq minutes plus tard, entassés dans la voiture de Rita, nous filions vers l'aéroport de Richmond. Le vent sur ma nuque était pour moi une sensation étrange et nouvelle ; malgré la chaleur, j'en éprouvais des frissons.

Pendant le trajet, Rita nous a prodigué une tonne de recommandations à suivre dès notre arrivée à Grove City. À l'aéroport, elle s'est arrêtée sur une aire de déchargement, sans prendre la peine de couper le moteur. Elle a distribué les billets d'avion, tendu à papa le dossier contenant les documents officiels, puis nous a souhaité bonne chance avant de disparaître. J'ai eu l'impression qu'elle était soulagée d'en avoir terminé avec nous.

À l'intérieur de l'aérogare, nous nous sommes séparés en deux groupes pour franchir les barrières. Maman et moi sommes passées par un détecteur de métaux, papa et Bram par un autre. Ensuite, nous nous sommes assis le plus loin possible les uns des autres en attendant l'heure d'embarquer, comme si nous ne nous connaissions pas. À l'annonce de notre vol, papa et Bram ont sauté de leurs chaises pour se présenter les premiers. Papa tenait Bram par la main ; celui-ci, hyper-excité, bondissait comme une balle de Jokari au bout de son élastique.

Maman et moi avons pris notre temps. À la porte d'embarquement, une hôtesse a examiné longuement nos cartes. Il m'a semblé que cela durait plus longtemps que pour les autres ; un frisson d'appréhension m'a parcourue. Et s'il y avait un problème et qu'on nous demande nos papiers ? Nous en avions sous deux noms différents, mais aucun ne correspondait à celui qui figurait sur les billets.

Finalement l'hôtesse a déchiré la partie supérieure de nos cartes et nous a rendu les souches en nous souhaitant « bon vol » avec un sourire amical.

Dans l'avion, nous n'avons pas vu Bram et papa. Nos places se trouvaient vers l'avant, au septième rang.

Quelques minutes plus tard, Richmond disparaissait dans le lointain, mosaïque de toits ponctuée des taches bleu vif des piscines. L'avion a continué son ascension jusqu'à ce que les gratte-ciel du centre-ville ne soient plus qu'un réseau de lignes enchevêtrées. Puis la terre a disparu sous une épaisse couche de nuages cotonneux, nous laissant seuls dans le ciel bleu infini.

Maman s'est penchée vers moi, m'a pris la main, et a murmuré :

– Ça y est, ma chérie. Nous sommes enfin en sécurité.

– Tu crois ?

Je lui ai serré la main, oubliant ma colère.

– J'en suis sûre. Pense que nous allons en Floride ! C'est idéal pour des « maxi-vac » prolongées !

Elle faisait un tel effort pour se montrer enjouée que j'ai essayé de jouer le jeu.

– Je me demande si c'est comme dans les publicités qui passent à la télé : plages, palmiers, soleil et cocktails.

– Mmm, ça me donne soif. Voici justement l'hôtesse avec les boissons.

Lorsqu'elle est arrivée à notre hauteur, maman lui a demandé une vodka-orange, chose que je l'entendais commander pour la première fois de ma vie. J'ai pris un Coca, et la fille aux taches de rousseur assise près de moi, côté couloir, a choisi un Sprite.

– Je préfère le Coca, m'a-t-elle confié en plissant le nez. Mais je me méfie des trous d'air. Ma mère vient de m'acheter cette robe pour le voyage ; si je renverse du Sprite dessus, ça ne se verra pas.

– Je ne suis pas assez bien habillée pour me soucier de ça.

J'avais gardé mon jean et mon tee-shirt qu'elle a détaillés d'un œil critique :

– Oui, évidemment. Dis donc, tu as une coupe de cheveux géniale. C'est le carré sauvage ?

Sans attendre de réponse, elle a enchaîné :

– Je m'appelle Abby Keller. Je vais passer l'été chez mon père et sa femme.

Et elle a posé l'inévitable question :

– Et toi ?

Pétrifiée, je ne savais pas quoi répondre. Je n'étais plus April Corrigan, je n'étais pas encore Valérie Weber, pas avant d'avoir atterri en Floride.

– April Gross.

J'ai opté pour un compromis, « Gross » étant le nom inscrit sur mon billet d'avion.

– Gross ! s'est-elle exclamée en éclatant de rire. Tu dois te faire vanner par tes copains, non ?

– Un nom est un nom. On s'y habitue.

Sauf quand ce nom est Valérie, ai-je pensé.

– Où est-ce que tu vas ? À Sarasota ?

De plus en plus mal à l'aise, j'ai hoché la tête.

– Tu as de la chance. Ça doit être très agréable d'habiter sur la côte, près des plages. Mon père et sa femme vivent à Tristeville, eux. Enfin c'est comme ça que j'appelle ce bled. Tu imagines, les seuls films qui passent au ciné sont si vieux qu'on peut déjà les louer en cassettes vidéo !

J'ai jeté un coup d'œil à maman ; elle avait terminé son verre et s'était endormie, la tête contre le hublot. La lampe qui éclairait son visage accentuait la rondeur de sa joue. À force de ne rien faire d'autre que lire, écrire, manger et regarder la télévision, elle aussi avait pris du poids pendant notre réclusion. Dorénavant, elle n'était plus Elizabeth Corrigan, l'auteur, mais Ellen Paul Weber.

À ma droite, Abby continuait à jacasser :

– Je parie que papa et Margaret n'ont même pas de magnétoscope. Ça n'existe pas dans ce trou perdu. Quitte à divorcer, mon père aurait pu trouver un endroit plus exotique, Miami ou West Palm Beach, par exemple. Mais non, c'était Margaret et Tristeville. Et une fois mariés, plus question de s'en aller sous prétexte que sa fille avait encore une année de lycée à faire. En plus, sa sœur et sa famille habitent là-bas et la pauvre Margaret ne peut pas faire un pas sans eux. Tes parents sont divorcés ? C'est pour ça que ton père ne vous accompagne pas ?

J'ai marmonné une réponse évasive. Puis, à mon grand soulagement, l'hôtesse qui nous avait apporté les boissons est revenue avec les plateaux du dîner. Abby allait peut-être enfin se taire pour se concentrer sur ce qu'elle mangeait. C'était sous-estimer ses capacités. Pendant que je me battais avec mon poulet caoutchouteux aux nouilles, elle a continué à papoter, la bouche pleine, en m'assommant de détails indigestes sur le divorce et les remariages de ses parents.

En fin de compte, pour avoir la paix, j'ai incliné mon siège en position repos et fermé les yeux. Abby a tout de même compris : elle s'est tue. Je me suis concentrée sur le vrombissement des réacteurs pour ne reprendre conscience que lorsque la voix dans le haut-parleur nous a demandé de replier nos tablettes et d'attacher nos ceintures avant d'entamer la descente sur l'aéroport de Sarasota-Bradenton.

Dès que l'avion a cessé de rouler, nous avons récupéré nos sacs et nous nous sommes mêlées à la file des passagers qui descendaient de l'appareil. Dehors, l'air était chaud, humide, saturé de parfums insolites. L'aérogare débordait d'activité.

Comme nous n'avions pas de bagages enregistrés, nous sommes allées directement à l'autre extrémité du hall où Bram et papa, qui avaient quitté l'avion par l'arrière, nous ont rejointes quelques minutes plus tard. Bram paraissait plus calme, pourtant ses yeux brillants ne montraient pas le moindre signe de fatigue.

– Tes lunettes de soleil ! a dit maman d'un ton accusateur.

– Mais il fait nuit ! On ne met pas des lunettes de soleil la nuit !

– Il faudra bien, jusqu'à ce que tu aies tes lentilles.

– C'est ma faute, s'est excusé papa. J'étais préoccupé par tellement de choses que j'ai oublié de les lui faire mettre. Normalement, il y a une voiture qui nous attend sur le parking. Rita m'a donné le numéro ; allons voir si nous la trouvons.

Nous l'avons repérée sans difficulté : c'était une Plymouth verte cabossée. Il nous a fallu un peu plus d'une heure pour arriver à Grove City. Grove City n'a rien d'une métropole : une artère principale divise la ville en deux sur une longueur de trois pâtés de maisons. Quelques boutiques, un cinéma, une banque, une épicerie antédiluvienne et un grand magasin composent le centre-ville.

Tous les immeubles étaient sombres, de rares lampadaires projetaient des ronds de lumière sur les trottoirs déserts. Le seul indice d'une vie nocturne provenait d'un groupe de voitures garées sur le parking d'un bâtiment dont l'enseigne au néon indiquait qu'il s'agissait du Cabbage Palm Bar.

D'après le dossier, la maison qu'on nous avait attribuée était située sur Lemon Lane, en retrait de la rue, et était signalée par une boîte aux lettres au nom de « Jefferson ». Sur le plan, dessiné à la main, Lemon donnait sur Orange qui croisait l'artère principale. Nous avons descendu et remonté plusieurs fois cette artère jusqu'à ce que l'un de nous découvre enfin Orange Avenue. À partir de là, ce fut encore plus compliqué car une succession de chemins de terre débouchaient sur des sous-bois, et il était impossible de distinguer une route d'une entrée de maison.

Papa en a choisi une au hasard. Nous avancions mètre par mètre, en écarquillant les yeux afin de déchiffrer les numéros des habitations cachées derrière les arbres. C'est Bram qui a repéré la boîte aux lettres « Jefferson »; papa s'est engagé dans l'allée et l'a suivie à travers un enchevêtrement de buissons jusqu'à un garage minable, tristement appuyé contre une bicoque en bois.

Il a coupé le moteur ; le silence s'est installé dans la voiture. Soudain, sa voix nous a semblé étrangement forte :

– Eh bien, nous voici arrivés chez nous. Allons voir à quoi ça ressemble.

Nous avons gravi les marches menant au porche : elles ont craqué sous notre poids en signe de protestation. Papa a cherché à tâtons le trou de la serrure. Quand la porte a fini par s'ouvrir, une bouffée de chaleur humide sentant vaguement le moisi s'est échappée de l'intérieur.

Papa a allumé. Le séjour de notre nouvelle maison s'est révélé être une pièce étroite, sans tapis et meublée de bric et de broc : un canapé affaissé, des tables basses dépareillées ainsi que deux fauteuils obèses en skaï.

– C'est une blague de Max ? ai-je suggéré pleine d'espoir.

– Ça pourrait être pire, a dit maman. Enfin, je le suppose.

– Si Porky était là, je suis sûr que ça lui plairait.

Maman a éclaté de rire et nous en avons tous fait autant, non pas à cause de la réflexion de Bram, mais parce que devant un tel spectacle, on ne pouvait que rire ou pleurer. Puis nous avons exploré le reste de la maison, ouvert toutes les portes, examiné les chambres, plaisanté et fait les commentaires les plus délirants, jusqu'à friser la crise d'hystérie collective. Il y avait six petites pièces : le séjour, la cuisine, trois chambres minuscules et une salle de bains, chacune pire que la précédente. Les plafonds étaient fissurés, tachés, le plâtre cloquait, les tuyaux fuyaient, deux chambres avaient des fenêtres cassées et, en plus, lorsque nous avons allumé dans la cuisine, une armée de cafards a détalé sous les placards.

– Vous avez choisi vos chambres ? a demandé papa.

Les rires se sont arrêtés net. Je me suis exclamée :

– On ne va pas vraiment rester ici ?

– Nous n'avons pas le choix. Le programme l'a prévu. Nous ne sommes pas en mesure d'exiger autre chose.

– George... a commencé maman, puis elle s'est reprise. Enfin, je veux dire Philip...

Ce prénom étrange a paru se répercuter sur les murs.

– Philip, a-t-elle répété comme pour s'entraîner. Il va me falloir un moment avant de m'habituer à t'appeler comme ça.

– Ellen chérie, a dit doucement papa en l'entourant de ses bras. Quels que soient nos noms, nous restons les mêmes, n'est-ce pas les enfants ?

Bram et moi avons acquiescé machinalement. Nous étions bien toujours les mêmes, n'est-ce pas ? Pourtant, juste avant de m'endormir ce soir-là, je me suis souvenue d'une fille insouciante qui dormait dans une belle chambre, confiante dans l'avenir radieux qu'elle imaginait être le sien.

Cette fille me manquait et je voulais la retrouver. Je le voulais désespérément.

# 8

Quelle horrible nuit.

Il faisait chaud, une chaleur accablante. À Norwood aussi les étés étaient chauds, mais là-bas, au moins, on avait l'air conditionné. À Grove City, il n'y avait même pas de ventilateurs.

La maison, longtemps fermée, avait absorbé la chaleur comme une éponge et la renvoyait par les murs, les planchers, les plafonds. J'étouffais dans ma chambre qui n'avait qu'une minuscule fenêtre déglinguée. Quand j'ai réussi à l'ouvrir, j'ai compris que les branches d'arbres et les buissons qui avaient poussé à foison empêchaient la moindre brise de parvenir jusqu'à moi.

J'étais si épuisée que je n'ai pas tardé à sombrer dans un sommeil agité. J'ai passé la nuit à me tourner et me retourner dans mon lit.

Je me suis éveillée aussi fatiguée que la veille. Il m'a fallu plusieurs minutes pour me rappeler où, et surtout qui j'étais. J'ai respiré profondément avant d'ouvrir les yeux sur la pâle lueur du petit jour qui s'infiltrait par la fenêtre. Ma première journée en « Valérie Weber » venait de commencer.

Allongée sur mon lit, j'ai regardé la lumière envahir la pièce jusqu'à ce que les traces d'humidité du plafond et les fissures étoilées du mur deviennent distinctes. J'avais les hanches et les épaules endolories par les bosses du matelas et la peau désagréablement moite. Je ne me rendormirais pas, je le savais. Le mieux était donc de me lever, de m'habiller et d'affronter cette journée.

Sans faire de bruit, je suis passée devant les portes entrouvertes des deux autres chambres pour gagner l'étroite entrée. Et si, par quelque tour de magie, les rayons du soleil avaient transformé la maison ? Hélas, le séjour était toujours aussi sinistre à la lumière du jour. L'éclairage diffusé par le plafonnier avait au moins l'avantage de masquer les toiles d'araignée accumulées dans les angles et les auréoles de graisse laissées sur les coussins du canapé par des têtes mal lavées. Tout cela sautait aux yeux à présent, de même que les crottes de souris qui jonchaient le plancher et les rideaux d'un bleu délavé qui pendaient lamentablement aux fenêtres.

Quel intérieur douillet, me suis-je dit en faisant la grimace. J'avais envie de pleurer.

Trop déprimée pour rester là, j'ai ouvert la porte qui donnait sur le porche. Le contraste m'a agréablement surprise. L'air sentait bon les arbres en fleurs et les fruits mûrs ; de chaque côté de l'allée, les buissons qui nous avaient semblé impénétrables la veille au soir, se révélaient être, dans la lumière du matin, un écrin de verdure luxuriante. Un lapin sautillait dans l'herbe haute, des écureuils galopaient le long des troncs d'arbres, et un chœur d'oiseaux invisibles s'égosillait dans les branches, au-dessus de ma tête. Même l'épais sous-bois qui cachait la route prenait des allures plaisantes de jungle.

N'ayant rien à faire en attendant que les autres se réveillent, j'ai marché jusqu'au bout de l'allée. Arrivée là, je n'avais aucune raison de ne pas continuer. Après un moment d'hésitation, j'ai pris à gauche, remontant Lemon Lane vers l'endroit où nous étions arrivés la veille.

Pas étonnant qu'on ait eu du mal à trouver la maison dans un coin aussi reculé. Non seulement il n'y avait pas de panneaux, mais il n'y avait pas non plus de trottoirs ni de numéros de maisons. Les seuls indices permettant de deviner que des habitations se cachaient dans les sous-bois étaient les boîtes aux lettres ici et là. Il était évident qu'on nous avait volontairement mis à l'abri des regards indiscrets.

Lorsque j'ai débouché sur Orange Avenue, tout a changé, comme si j'avais franchi une frontière. Des trottoirs ont surgi de nulle part, les maisons étaient régulièrement alignées sur leurs terrains respectifs. Je me suis tout de suite sentie mieux, comme le voyageur qui, dans un pays étranger, découvre avec soulagement que les autochtones parlent sa langue. J'ai dépassé un hôpital. Un peu plus loin, il y avait un bâtiment au toit en terrasse qui ressemblait à un collège.

J'ai traversé pour jeter un coup d'œil par les fenêtres. Les salles étaient sombres et, à part les tableaux noirs, on ne distinguait pas grand-chose. J'ai quand même aperçu dans une pièce une rangée de livres de géographie qui paraissaient destinés à des petites classes et, sur le mur d'une autre, un tableau de symboles de chimie que l'on étudie beaucoup plus tard.

Poussée par la curiosité, j'ai fait le tour du bâtiment pour voir ce qu'il y avait derrière. Je suis tombée sur un terrain de base-ball, un petit gymnase et, au-delà, des courts de tennis.

Avant que je ne les aie aperçues, mes oreilles avaient déjà capté le son des balles renvoyées en rythme par deux raquettes. Le court était occupé par deux jeunes joueurs blonds qui se ressemblaient comme frère et sœur.

Je me suis assise sur un banc. Le couple n'a pas interrompu sa partie, mais, entre deux jeux, le garçon m'a jeté un coup d'œil et m'a fait comprendre par un grand sourire et un signe de tête qu'il avait remarqué ma présence. Il était de loin le plus fort des deux ; la fille se déplaçait lentement et paraissait épuisée. Il retenait visiblement ses coups pour ne pas la décourager. Il a gagné le premier jeu, puis laissé son adversaire gagner le deuxième. Ensuite, grâce à quelques services bien placés et des retours précis, il a remporté plusieurs jeux d'affilée.

Plus soulagée que déçue, la fille a ramassé les balles pour les ranger dans leur boîte.

– Hé, ne me dis pas que tu abandonnes !

– Et comment ! Je suis crevée...

– Allez, Kim, on continue un peu.

– Non ! Tu m'as déjà pris deux sets, ça suffit.

– Quelle dégonflée !

Il s'est alors adressé à moi :

– Salut ! Tu ne joues pas au tennis, par hasard ?

– Si, mais je manque sérieusement d'entraînement.

– On échange quelques balles, histoire de s'amuser ?

– Je n'ai pas de raquette.

– Tu peux prendre celle de Kim puisqu'elle ne veut plus jouer. Tu veux bien la lui prêter ? lui a-t-il demandé en se tournant vers elle.

Kim a tiré un mouchoir de la poche de son short pour s'essuyer le visage. Elle transpirait à grosses gouttes et ses boucles humides étaient plaquées sur son front.

– Avec plaisir. Enfin, si tu aimes souffrir. Je te préviens, prépare-toi au massacre. Mon cousin Larry est capitaine de l'équipe de tennis. Comme les autres travaillent ou sont partis en vacances, il me traîne ici tous les matins. Un jour, il aura ma peau. Mais si tu as envie de transpirer, tiens, prends ma raquette, vas-y.

– Merci, ai-je répondu en faisant un effort surhumain pour rester calme alors que je mourrais d'envie de me précipiter sur le court.

Je n'avais pas joué depuis deux mois et tous les muscles de mon corps étaient rouillés.

Larry m'a envoyé quelques balles faciles pour voir si j'étais capable de les retourner. Au bout de deux minutes, il a compris que je n'étais pas la joueuse du dimanche à laquelle il s'attendait.

– Hé, tu ne joues pas mal pour une fille ! On compte les points ? Je te promets de ne pas forcer.

Pas mal pour une fille ! Quel condescendance !

– D'accord. Tu peux compter ? Je n'en suis pas encore arrivée à ce chapitre dans le manuel.

J'ai servi la première balle de toutes mes forces : elle a rebondi comme un boulet de canon dans l'angle du carré de service sans qu'il parvienne à la toucher. Il avait l'air tellement étonné que je n'ai pas pu m'empêcher de rire.

– Quinze-zéro ! Tu étais prêt, au moins ?

Larry a reculé de quelques pas et redressé les épaules. Il frappait fort, il était rapide et avait un revers particulièrement efficace. Au bout de trois sets très disputés (j'en ai perdu deux mais j'ai gagné le troisième), mon cœur battait à toute allure, mes jambes flageolaient, mais je me sentais bien vivante.

– Tu joues super ! a dit Kim, admirative, lorsque je me suis effondrée sur le banc, aussi essoufflée et trempée qu'elle une heure plus tôt.

– Je m'appelle Kim Stanfield, et lui c'est mon cousin Larry Bushnell. Tu n'es pas d'ici, sinon on te connaîtrait.

– Val Weber. Nous venons d'arriver de Durham, en Caroline du Nord.

Rita nous avait recommandé de choisir un état proche de la Virginie pour ne pas être trahis par notre accent.

– Tu vas aller au lycée ici ?

Larry avait beau essayer de ne pas le montrer, il était lui aussi à bout de souffle.

– Oui, à la rentrée.

– Tu te plairas chez nous, a dit Larry. Aussi surprenant que cela puisse paraître, le lycée a la meilleure équipe de tennis de Floride. Comme il n'y a pas assez de types baraqués pour former une équipe de football, tout le monde joue au tennis.

Nous avons bavardé un moment sur le banc jusqu'à ce que je réalise que le soleil était déjà haut dans le ciel. Encore une journée torride en perspective.

– Il faut que je rentre. Mes parents dormaient quand je suis partie et je n'ai pas laissé de mot.

– Moi aussi, je dois partir, a déclaré Kim sans enthousiasme. On a de la visite et je suis réquisitionnée.

– On rejoue demain matin ? m'a demandé Larry. Je travaille à mi-temps pendant l'été dans la scierie de mon père, mais le matin tôt, je suis libre et, de toute façon, c'est le meilleur moment pour jouer. Après dix heures, il fait trop chaud.

– Super ! À demain matin, sept heures, ai-je répondu avec enthousiasme.

Le monde devenait soudain moins hostile. J'aurais tout donné pour être à Norwood, mais faute de mieux, j'avais rencontré des gens et disputé une partie de tennis.

Une surprise m'attendait à la maison. Une deuxième voiture était garée dans l'allée à côté de la Plymouth et une bonne odeur de café s'échappait de la cuisine.

Installés autour de la table, mes parents, Bram et un homme bronzé en short prenaient un petit-déjeuner acheté au Mac Do.

– Ah, te voilà ! s'est exclamé papa. Tom, je vous présente ma fille. Ap... Valérie, voici Tom Geist, notre contact en Floride.

# 9

– L'essentiel, c'est de parvenir à vous intégrer en évitant d'attirer l'attention.

Nous étions assis autour de Tom, en train d'assimiler les règles de base pour notre survie comme des enfants assis autour de leur maître à l'école maternelle.

– Le moindre geste est important. Soyez vigilants.

– Vous croyez que les gens font attention à nos moindres gestes ? a demandé maman.

– Les petites villes sont des nids à ragots. Pour les lentilles de Jason par exemple. Je ne pense pas qu'il y ait d'opticien à Grove City ; et de toute façon, il vaut mieux vous adresser ailleurs. Il ne faut surtout pas que le bruit se répande qu'il a les yeux de couleurs différentes. C'est tellement exceptionnel qu'il serait très facile à identifier.

– Parlez-nous donc de ce Mike Vamp. Je ne comprends toujours pas comment il a pu retrouver ma famille à Richmond. Max m'avait garanti qu'elle y serait en sécurité. Quelque chose a cloché dans le plan ?

– Il paraît qu'il a un flair incroyable. Nous avons fait le maximum pour effacer vos traces jusqu'ici ; je pense que nous y sommes parvenus, mais il ne faut surtout pas prendre de risques. Avez-vous laissé de la famille en Virginie ?

– Ma mère, a répondu maman avec une pointe d'amertume. Max lui a proposé de nous accompagner mais elle a décliné l'offre.

– Dans votre situation actuelle, c'est une bénédiction. Choisissez soigneusement vos relations et gardez une certaine distance. Laissez pour l'instant le nom de l'ancien locataire sur la boîte aux lettres. Faites installer le téléphone ; je vais vous donner mon numéro. Il est sur liste rouge, ne m'appelez qu'en cas d'urgence. En règle générale, il est préférable de couper les ponts avec les familles dès qu'elles peuvent voler de leurs propres ailes sous leur nouvelle identité.

Avant de partir, Tom a tendu à papa une enveloppe remplie de billets de banque et la clef de son nouveau lieu de travail, une boutique de développement express de photos située sur la grand-rue.

Cet après-midi-là, nous sommes allés en famille faire des courses. Mes parents essayaient de prendre la situation sur le ton de la plaisanterie. « C'est comme si nous étions à nouveau des jeunes mariés », disait maman. Nous avons acheté des choses à chaque rayon, ou presque, des draps de lit aux couverts de table. J'ai même persuadé papa de remplacer ma raquette de tennis qui était restée dans mon casier au lycée. Ensuite nous sommes passés par l'épicerie pour faire des provisions. La caissière nous a demandé si nous étions nouveaux en ville. Maman a répondu que nous arrivions de Caroline du Nord et que nous avions besoin d'un bon produit contre les cafards.

Laissant les parents rentrer à la maison avec leurs emplettes, Jason et moi sommes partis déambuler à la découverte de la ville.

Le lendemain, nous sommes allés à Sarasota : mes parents y ont passé leur permis de conduire, Jason s'est fait faire des lentilles marron. L'après-midi, j'obtenais mon propre permis à Grove City, sous le nom de Valérie Weber.

Ces deux premiers jours en Floride n'ont pas été très fertiles en événements, mais les suivants furent tellement mornes qu'en comparaison, notre séjour au *Mayflower* nous laissait le souvenir d'une expérience excitante. Tous les matins, je me levais de bonne heure pour jouer au tennis avec Larry. À part ça, je végétais et en moins d'une semaine, j'ai sombré dans la mélancolie. Larry travaillant à partir de neuf heures du matin et Kim s'occupant de ses invités, mes deux seuls amis n'étaient jamais disponibles. Maman passait son temps à griffonner sur un cahier et papa apprenait à se servir du matériel de son magasin de photos. Jason avait fait la connaissance de deux garçons de son âge avec lesquels il était devenu copain et, même s'il continuait à réclamer Chris, il ne les quittait plus.

Les finances étaient une autre source de problème. L'argent ne m'avait jamais préoccupée ; je ne me rendais pas compte que ma famille était aisée car tous mes copains de Springside menaient la même vie que moi. Nous habitions un quartier assez chic et pouvions, en règle générale, nous offrir ce dont nous avions envie.

À présent, il n'en était plus question. Tom n'avait pas redonné d'argent à papa qui ne pouvait, en aucun cas, en tirer sur son compte à la banque de Norwood. Mes parents n'arrêtaient pas de parler « d'apprendre à se débrouiller avec ce qu'on a », comme si c'était un jeu et qu'il convenait de s'en amuser. Personnellement je trouvais que lésiner sur tout n'avait rien de drôle. Malgré les efforts qu'elle déployait pour rendre la maison pimpante, maman ne parvenait pas à éliminer les cafards et ne disposait même pas d'un lave-vaisselle. Pire, nous n'avions pas les moyens d'acheter une télévision, objet de première nécessité à mon avis.

Trois interminables semaines se sont écoulées. Puis, un jour, la morosité ambiante a été rompue par une dispute. Maman avait jeté son dévolu sur une machine à écrire découverte dans un placard du *Photo Express* mais papa, sous différents prétextes, ne l'avait jamais rapportée à la maison. Chaque matin, lorsqu'il partait travailler, maman lui demandait d'y penser, et chaque soir il avait une nouvelle excuse pour ne pas l'avoir fait. Il a d'abord prétendu qu'il fallait changer une pièce, puis que le réparateur avait mal fait son boulot, ou qu'il était trop occupé pour aller la chercher, jusqu'au jour où, excédée, maman a décidé de la récupérer elle-même.

C'est pendant le dîner qu'elle a explosé :

– Trop occupé ! Comment peux-tu dire une chose pareille ? Qui vient à *Photo Express*? Il n'y a pas de touristes dans cette ville, personne n'a de photos urgentes ou de souvenirs de vacances à faire développer dans l'heure. C'est une chance si on vient te déposer trois pellicules par jour. Alors ne me dis pas que tu n'as pas le temps de t'occuper de la machine à écrire !

– D'accord, je l'admets. J'ai fait exprès de toujours repousser les choses au lendemain. Parce que je sais que dès que tu auras ta machine, tu te remettras à ton livre.

– Naturellement, et alors ? Je peux aussi bien écrire en Floride qu'en Virginie. J'ai déjà écrit un premier jet à la main, mais maintenant j'ai besoin de taper mon texte à la machine pour avancer.

– Ce n'est pas le fait que tu écrives qui pose un problème. C'est bien que tu écrives pour ton plaisir. Ce qui l'est moins, c'est que tu envoies ton manuscrit. C'est impossible sans dévoiler l'endroit où nous sommes.

– Je ferai jurer à mon éditeur de garder le secret. Je lui expliquerai ce qui s'est passé.

– Il risque d'y avoir des fuites. Tu le sais aussi bien que moi. Trop de gens différents devront entrer en contact avec toi. Pour t'envoyer des épreuves, le service de presse ou les lettres de lecteurs. Il est impossible dans ces conditions que ton adresse reste secrète.

– Je pourrais prendre un nom de plume. Écrire sous le nom d'Ellen Weber. Plus tard, on pourra toujours rééditer mes livres sous mon vrai nom.

À ce moment, papa a perdu patience :

– Arrête de faire la naïve. Tu sais parfaitement

comment on localise les « gens disparus ». On les retrouve parce qu'ils ne peuvent pas résister à la tentation d'intégrer une part de leur ancienne vie à la nouvelle. Le joueur de bowling s'inscrit à un club de bowling, le joueur de bridge à un club de bridge... Est-ce que tu crois sincèrement que tu vas publier un livre chez ton éditeur habituel sans que personne se doute que c'est toi qui l'a écrit ? Un nouvel auteur est publié, son style ressemble à s'y méprendre à celui d'Elizabeth Corrigan qui a justement disparu de la circulation, et personne ne se pose de questions ? Allons, regarde les choses en face !

– Mais ma vie, c'est mon travail ! J'ai passé des années à m'imposer en tant qu'auteur. Tu ne crois quand même pas que je vais tout abandonner du jour au lendemain ? Si j'attends que cette histoire ne soit plus qu'un mauvais souvenir, je n'aurai plus qu'à recommencer ma carrière à zéro !

Papa s'est tourné vers Jason et moi :

– Si vous avez fini de dîner, les enfants, vous pourriez peut-être aller jouer aux cartes ? Votre mère et moi devons discuter de certaines choses en privé.

Nous avons fait une partie de rami dans ma chambre pendant que les parents continuaient à régler leurs comptes dans la cuisine. Le lendemain, ils donnaient l'impression d'avoir conclu une trêve, mais le climat était encore tendu entre eux. Papa a rapporté la machine à écrire à la maison le soir même. À partir de ce moment-là, maman n'a pas cessé de noircir du papier,

« pour ne pas devenir folle », disait-elle. Le cliquetis des vieilles touches était assourdissant ; il nous poursuivait partout dans la maison. Pour y échapper, Jason s'est réfugié au grenier auquel il accédait par des trappes qui s'ouvraient en haut des placards. Il les avait découvertes avec ses copains et depuis le grenier était leur repaire secret.

Le soir quand maman cessait de taper, le silence devenait vite pesant. La rue était déserte et nous étions trop éloignés des autres habitations pour avoir le sentiment d'un voisinage. Avant de m'endormir, je pensais à Norwood, à la maison telle que je l'avais vue le dernier jour, dans la lunette arrière de la voiture de Max, avec son jardin fleuri et ma grand-mère debout au bord de l'allée. Ce ne sera pas long, me disais-je pour me rassurer. Bientôt, il y aura un nouveau procès. À Noël, tout sera fini.

Un soir, pendant le dîner, le téléphone a sonné pour la première fois depuis son installation. Sidérés, nous nous sommes regardés, mais personne n'a bougé.

Finalement, papa a fait signe à Jason :

– Vas-y. Ta voix est la moins identifiable. Si on demande George Corrigan, tu réponds que c'est une erreur. Si on demande Philip Weber, tu m'appelles.

Jason a décroché d'un geste mesuré :

– Allô ?

Il a marqué une pause.

– Qui ça ? Ah, oui.

Il s'est tourné vers moi :

– C'est un garçon qui demande Val !

Mon cœur a fait un bond. Steve ! Aiguillonné par la force de l'amour, il avait accompli l'impossible, il m'avait retrouvée !

J'ai bondi jusqu'à l'appareil que j'ai arraché des mains de Jason.

– Allô ?

– Salut, a dit Larry. Tu vas bien ? Ça te dirait d'aller voir un film ?

La déception m'a submergée.

– Merci, mais je ne crois pas que cela soit possible. J'ai promis à mes parents de passer la soirée avec eux à la maison.

Je n'étais pas très aimable, je le savais, mais je ne pouvais pas m'en empêcher. C'était une chose d'avoir un copain avec qui jouer au tennis, mais c'en était une autre de sortir le soir avec lui.

Larry a pris un ton enjôleur :

– Allez, Val, Kim a davantage besoin de toi que tes parents. On lui a collé sa demi-sœur sur les bras ce soir. C'est une fille infernale. Je pensais que tu pourrais apporter un soutien moral à Kim en venant au cinéma.

Voilà qui jetait sur la situation un éclairage tout à fait différent. Sortir à deux ou à quatre n'avait rien à voir. En plus, vu l'atmosphère qui régnait à la maison, la perspective de passer la soirée dehors était tentante.

– Bon, d'accord.

– La séance commence à huit heures, on passe te prendre vers sept heures et demie. Où est-ce que tu habites ?

– Lemon Lane. Ce n'est pas facile à trouver.

La maison est en retrait, cachée par des arbres sur le côté droit. La boîte aux lettres est au nom de « Jefferson ».

– Je connais. J'ai déjà été invité à des fêtes là-bas. Kim sortait avec Pete Jefferson avant que sa famille n'aille s'installer à Tampa. Nous serons chez toi dans une demi-heure.

Je n'avais pas réalisé qu'il était déjà si tard. J'ai quitté la table en vitesse pour prendre une douche et enfiler un jean. Le temps que je me donne un coup de peigne et que je me mette un peu de rouge à lèvres, la voiture de Kim remontait l'allée et ses phares illuminaient la fenêtre du séjour comme les yeux d'un dragon.

Lorsque Larry a sonné à la porte, Jason s'est précipité pour lui ouvrir.

– Salut ! Tu es le petit ami de ma sœur ?

– Jason !

J'en ai eu le souffle coupé, mais Larry, lui, a souri.

– Pas encore, il faut voir.

– Maman, papa, voici Larry Bushnell, ai-je dit rapidement pour couper Jason dans son élan. C'est avec lui que je joue au tennis tous les matins.

– Ravi de vous connaître, a dit papa en tendant la main.

– Nous sommes si contents que Valérie ait trouvé un partenaire, a ajouté maman. Il paraît que vous jouez très bien.

– Elle aussi, pour une fille. L'entraîneur de l'école va flipper quand il va voir son service.

Avec Val dans l'équipe, les filles peuvent aller jusqu'au championnat national.

Ils ont continué à bavarder jusqu'à ce que Kim klaxonne pour presser le mouvement.

– Tes parents ont l'air sympas. Et ton frère, c'est incroyable, je n'en reviens pas. C'est la première fois que je vois un gamin avec des yeux de deux couleurs différentes.

J'ai cru recevoir un coup de poing dans l'estomac. Jason ne portait pas ses verres de contact !

– Ne parle surtout de ses yeux à personne. Ça le gêne terriblement ; en principe, il porte toujours des verres de contact.

– Moi, je trouve ça super.

Il a ouvert la portière de la voiture, et le plafonnier s'est allumé.

– Salut, Val, a dit Kim. Je te présente ma demi-sœur. Abby, voici Val Weber, une amie.

La fille assise à côté d'elle s'est retournée : deuxième coup de poing dans l'estomac.

– Pourquoi tu l'appelles comme ça ? a demandé Abby Keller. Son nom, c'est April Gross.

# 10

Je n'avais qu'une solution : bluffer. J'ai regardé la fille aux taches de rousseur comme si je la voyais pour la première fois et j'ai pris un air sidéré :

– Qu'est-ce que tu racontes ?

Pas le moins du monde intimidée, elle m'a fixée de ses petits yeux bleus :

– Gross. C'est toi la fille grosse.

Kim est intervenue :

– Abby, je t'en prie. Sois polie avec mes amies.

– Mais non, ce n'est pas ce que je voulais dire. Elle sait de quoi je parle. Elle était assise à côté de moi dans l'avion de Richmond. Elle m'a dit qu'elle s'appelait April Gross et qu'elle allait à Sarasota avec sa mère. Pourquoi est-ce qu'elle fait semblant d'être quelqu'un d'autre ?

– Tu te trompes. Tu te trouvais sans doute à côté de quelqu'un qui me ressemblait ; moi je m'appelle Valérie Weber. Je ne suis jamais allée en Virginie et je n'habite pas Sarasota. Je viens de Caroline du Nord avec mes parents et mon frère.

– Ce n'est pas vrai ! Je me souviens toujours des gens. Je ne me trompe jamais.

– Tout le monde peut se tromper, l'a coupée Larry qui se contrôlait pour ne pas se mettre en colère.

Il s'est installé près de moi.

– Bon, on y va, Kim, sinon on va rater le début. Tu sais qu'il y a toujours une queue de dix kilomètres les soirs où les places sont à tarif réduit.

Il exagérait à peine. Deux douzaines de personnes, au moins, attendaient devant la caisse lorsque nous sommes arrivés en vue du cinéma, et le temps que nous nous garions, la file d'attente avait presque doublé. La plupart étaient des adolescents qui connaissaient Kim et Larry. En trois minutes, on m'avait déjà présentée à Sandi, Erby, Fran, Amy, Scott, Jennifer... Les filles m'ont regardée avec un intérêt particulier ; la dénommée Sandi m'a accueillie si froidement que j'en ai conclu que Larry ne lui était sans doute pas indifférent.

Le cinéma était petit, les sièges étroits et inconfortables, et le son si fort que j'en avais les oreilles saturées. Même le film était décevant. À ma grande consternation, j'ai vite compris qu'il s'agissait d'un film de vampires. Or je déteste les films de vampires depuis l'âge de onze ans où, terrorisée par *Les Sorcières de Salem*, j'avais failli piquer une crise de nerfs.

Le film était à peine commencé que le bras de Larry s'est posé sur mon épaule.

Préférant éviter le scandale, j'ai supporté le poids de ce bras indésirable pendant dix minutes en mâchonnant des pop-corn dont je n'avais pas envie, et en regardant un film que je détestais. J'étais très mal à l'aise. Lorsque les doigts de Larry ont commencé à caresser le haut de mon bras, j'ai chuchoté qu'un besoin pressant m'obligeait à sortir, et je me suis précipitée dans le hall.

J'étais tentée de partir pour de bon. Je pouvais très bien rentrer à pied à la maison. Je désirais si ardemment m'échapper que j'avais déjà la main sur la poignée de la porte de sortie quand je me suis aperçue que, dehors, c'était le déluge.

J'étais coincée. J'ai contemplé un moment les trombes d'eau qui s'abattaient sur la rue comme les chutes du Niagara, puis je suis allée aux toilettes, histoire de retarder encore un peu mon retour dans la salle.

Il n'y avait personne. Mais dès que je me suis enfermée dans une des cabines, j'ai entendu la porte s'ouvrir, puis des éclats de voix aiguës.

– ... que c'est un crack au tennis, disait une fille. Kim prétend que c'est tout, mais ça m'étonnerait. On est assis juste derrière eux et je peux te dire qu'en ce moment, il ne pense pas au tennis.

– Kim est si naïve ! Elle croit encore au Père Noël ! Depuis quand son macho de cousin choisit-il les filles pour leurs muscles ? En plus, elle n'a pas l'air si athlétique que ça. Je te parie qu'elle ne fera pas partie de l'équipe.

Les portes des autres cabines ont claqué. Les deux filles ne pouvaient plus se voir, mais cela ne les empêchait pas de bavarder.

– Tu as vu son jean ? Où est-ce qu'elle l'a dégoté, dans une friperie ? Sa famille ne doit pas avoir le sou. Son père a une vieille Plymouth déglinguée, il travaille au *Photo Express* et ma tante, qui est caissière à l'épicerie où sa mère fait ses courses, dit qu'elle achète ce qu'il y a de moins cher.

Les deux portes se sont ouvertes en même temps, j'ai entendu l'eau couler. Les deux filles se sont remaquillées tout en continuant à se perdre en conjectures sur la « nouvelle conquête » de Larry. J'ai failli sortir, histoire de les embêter, mais j'en aurais été la première victime. Il serait déjà assez difficile de commencer l'année dans ce nouveau lycée. Je n'avais pas besoin de me faire délibérément des ennemies parmi mes futures camarades de classe.

Quand elles sont parties, j'étais tellement indignée par leurs commérages que je tremblais en me lavant les mains. J'avais envie de leur courir après en hurlant : « Nous ne sommes pas pauvres ! Chez nous, nous avons une belle maison et deux voitures ! Ma mère est écrivain et mon père travaillait dans une compagnie aérienne ! Nous ne sommes pas aussi bien que vous, nous sommes mille fois mieux !» J'étais complètement écœurée. Enfin, de toutes leurs vacheries, il y en avait au moins une que je serais rapidement capable de démentir. Elles pouvaient mépriser ma famille, qu'elles attendent de me voir à l'œuvre sur un court de tennis !

Je me suis séché les mains. Puis, ne pouvant plus reculer, je me suis dirigée vers la salle, vers Larry.

– Tu en as mis un temps... a-t-il murmuré lorsque je me suis glissée à côté de lui. Tu as raté une scène super. Les vampires ont mordu le gamin, et maintenant il est devenu vampire à son tour. Il vient juste d'essayer d'attaquer son frère dans la baignoire, mais heureusement leur chien lui a sauté dessus. Maintenant le frère vampire est dehors, il gratte à la vitre pour qu'on le fasse entrer.

Larry s'est mépris sur le frisson qui m'a parcourue :

– Il fait un peu froid, non ?

– Non, non, ça va, ai-je chuchoté en vain.

Son bras est retombé sur mes épaules comme s'il était resté suspendu en l'air pendant que j'étais partie, et il n'a pas bougé, telle une chape de plomb, jusqu'à ce que le dernier vampire ait été rôti, ou transpercé, ou les deux.

Il était plus de dix heures lorsque le film s'est terminé. Dehors, il ne pleuvait plus. Les trottoirs étaient détrempés, mais le ciel était limpide, éclairé par un pâle croissant de lune.

– Et dire qu'il y a une heure, il tombait des trombes d'eau ! me suis-je exclamée.

– C'est la Floride en été, m'a expliqué Kim. Il n'y a pas un nuage dans le ciel et quelques minutes plus tard, il pleut à verse. Les orages ne durent pas longtemps ici, mais ils sont violents.

– C'est différent en Virginie ? a demandé la sournoise Abby.

– Je t'ai déjà dit que je n'ai jamais mis les pieds en Virginie.

Heureusement, le retour en voiture a été rapide. Larry n'a esquissé aucun geste, il n'empêche, sa présence me mettait mal à l'aise. Le pire, c'était Abby. Qu'elle fût la demi-sœur de Kim était un coup du sort si ironique que même dans un film, on aurait eu du mal à y croire. Je jurai de ne plus jamais me fier à quiconque. Comment prévoir qu'on sera piégé par ses propres paroles ?

Tout pouvait arriver, Abby en était la preuve vivante.

Lorsque nous sommes arrivés à Lemon Lane, Kim s'est engagée prudemment dans notre allée, entre les murailles de buissons. L'obscurité était dense, mais les phares de la voiture éclairaient le porche. Il y avait de la lumière aux fenêtres du séjour.

– Ce n'est pas la peine de descendre, ai-je dit à Larry, la main sur la poignée de la portière. Merci pour le cinéma, et merci à toi pour la conduite, Kim.

– On était contents que tu viennes, a-t-elle répondu. Abby est une mordue de cinéma, je pense qu'on ira souvent cet été.

Dès que j'ai ouvert la portière, le plafonnier s'est allumé : Abby me dévisageait de ses petits yeux bleus inquisiteurs.

– Les seuls films qu'on passe ici sont si vieux qu'on peut déjà les trouver en cassettes vidéo, a-t-elle dit exprès, sur le même ton que dans l'avion. Mais April – enfin je veux dire Valérie – le sait déjà.

– Nous le savons tous déjà, a lancé Larry d'une voix excédée. Mais nous, c'est la première fois qu'on les voit.

Puis il s'est adressé à moi :

– Tu veux aller à la plage demain ?

– Je ne sais pas si mes parents seront d'accord. Ils aiment bien qu'on reste en famille le week-end.

J'étais très partagée au sujet de Larry. Je n'avais aucune envie de sortir avec lui, mais d'un autre côté, nos parties de tennis étaient vitales pour moi et je n'avais pas l'intention de les interrompre.

– Essaie de les convaincre. Je t'appellerai dans la matinée.

À mon grand soulagement, il m'évitait de prendre une décision sur-le-champ.

– Entendu. Au revoir tout le monde et encore merci.

La porte de la maison à peine franchie, j'ai compris que mes parents s'étaient à nouveau disputés. Ils avaient le nez plongé dans un livre mais l'air vibrait des échos de leurs voix en colère.

De toute évidence, ils m'attendaient, car dès que je suis entrée, ils ont posé leurs livres en même temps.

Maman a pris la parole la première, lentement :

– Ton père veut te parler. Je ne suis pas d'accord avec lui, mais il semble que mon opinion n'ait plus aucune espèce d'importance.

– Qu'est-ce qu'il y a ?

– Ce soir, Larry a dit quelque chose qui m'a perturbé. J'ai appelé Tom Geist pour avoir son avis et il pense, comme moi, qu'il serait préférable que tu ne fasses pas partie de l'équipe de tennis à la rentrée.

– Que je ne fasse pas partie de l'équipe de tennis ? Je ne comprends pas. Pourquoi ?

– Je n'ai pas dit que tu ne pourrais pas jouer. C'est juste pour les compétitions. Cela pourrait être dangereux pour nous que tu participes à des tournois que tu risques de gagner.

– Tu ne veux pas que je joue parce que je suis trop bonne ?

– Larry m'a affirmé que le tennis est un sport très important ici. Cela signifie que l'on parle des joueurs dans le journal. Avec ton niveau, tu es sûre d'accéder dans un fauteuil aux championnats régionaux. Or notre famille n'a pas besoin de publicité.

– Mais personne ne connaît « Val Weber ». On a changé nos noms pour cette raison, non ?

– Ce Vamp en sait plus que tu ne crois sur nous. Et s'il ne reconnaît pas ton nom, il te reconnaîtra, toi. Il sait sans aucun doute que ma fille est une championne de tennis. Il connaît ton âge, ton visage. On ne peut pas empêcher les gens de prendre des photos lors des rencontres, on ne peut pas empêcher un journal d'en publier une à la page sportive.

– Mais le tennis est tout ce qui me reste ici ! Tu voudrais que je me contente de pousser la baballe sur un court ?

J'avais beau essayer de me contrôler, ma voix montait comme si une main invisible tournait le bouton du son. Je me suis précipitée vers maman :

– Tu ne vas pas le laisser faire une chose pareille !

– Comme je te l'ai déjà dit, mon avis ne compte plus. Ton père a décidé que nous devions tout abandonner.

Elle s'est levée du canapé et s'est éloignée vers la cuisine.

– Je vais me préparer quelque chose à boire.

– Non, a dit papa d'un ton sec. Nous avons à discuter.

– Il n'y a pas à discuter, lui a-t-elle rétorqué. C'est Tom et toi qui faites la loi, nous n'avons qu'à dire amen. Je dois abandonner ma carrière, April son tennis et tu voudrais peut-être qu'on te remercie ?

– Notre fille ne s'appelle pas April, mais Valérie. Nous ne pouvons pas nous permettre ce genre de faux pas, même entre nous. Dans une ville de cette taille, tout le monde entend tout. Il n'en faut pas beaucoup pour éveiller les soupçons.

J'aurais dû profiter de ce moment pour lui parler d'Abby, et aussi de Larry qui avait vu Bram sans ses lentilles de contact. Mais j'étais trop en colère pour dire quoi que ce soit. J'ai tourné les talons et, les laissant régler leurs comptes entre eux, je me suis enfermée dans ma chambre.

# 11

Ce soir-là, j'ai beaucoup pleuré avant de m'endormir d'un sommeil sans rêve. Je me suis réveillée parce qu'on me secouait l'épaule. À contrecœur, j'ai ouvert les yeux pour trouver mon père debout à côté de mon lit alors qu'il faisait à peine jour.

– Réveille-toi. Ta mère et moi avons décidé qu'il était temps de partir en « mini-vac ».

C'était bien la dernière chose à laquelle je m'attendais. Je n'ai fait aucun effort pour masquer le mépris de ma voix :

– Quoi ? Et quel genre de « mini-vac »?

– Le top : Disney World et Epcot Center. C'est à deux heures de route. Si nous voulons y passer la journée, il faut partir tôt.

– Passer deux heures en voiture pour aller voir Mickey, merci. Allez-y sans moi.

– Écoute, je sais que tu es déçue à cause du tennis. Que tu fasses ou non la tête, ça ne changera rien. Si je le pouvais, je remonterais le temps afin de distribuer les cartes autrement. Étant donné que c'est impossible, nous sommes condamnés à jouer la partie avec celles que nous avons en main.

– Pourquoi nous as-tu embarqués dans cette galère ?

– Je me le suis moi-même demandé un million de fois. J'aimerais croire que j'ai agi en citoyen responsable. J'essaie de m'en persuader depuis douze mois. Dans mon enfance, j'étais plutôt du genre poule mouillée sur qui les autres gosses tombaient à bras raccourcis et j'ai survécu à l'adolescence grâce à Max qui veillait sur moi. Je lui en ai voué une reconnaissance éternelle. Aussi lorsqu'il m'a offert la chance d'accomplir quelque chose, j'ai voulu payer ma dette envers lui et réaliser enfin quelque chose d'important... Mais je ne sais pas pourquoi je te raconte tout ça. En deux mots, j'ai fait une erreur. Et comme on ne peut rien y changer, autant essayer d'en tirer le meilleur parti.

– Mickey et Donald, ce n'est plus de mon âge.

– Eh bien essayons autre chose. Où as-tu envie d'aller ? À la forêt des Cyprès ? Ce n'est pas très loin, ou à la plage, à Sarasota ?

Il voulait tellement me faire plaisir qu'un sentiment de culpabilité m'a envahie. Je me suis souvenue de lui, gai, gentil, lorsqu'il me prenait sur ses genoux pour me raconter une histoire le soir. Si certains passages violents me faisaient peur, il transformait la fin des contes : c'est ainsi que les trois petits cochons se retrouvaient en train de dîner avec le loup. Malheureusement, dans la vie, il n'avait pas ce pouvoir.

Honteuse de ma première réaction, je lui ai dit doucement :

– Après tout, on s'amusera peut-être bien à Disney World. Mais qui va s'occuper de *Photo Express* ?

– Personne, et ce n'est pas grave. On ne m'a laissé aucun film à développer hier. Pas étonnant que l'affaire ait été à vendre ; l'ancien propriétaire a dû mourir de faim. Mais ne t'inquiète pas, le programme continue à s'occuper de nous. Tom Geist m'a apporté de l'argent hier soir.

Il a quitté la pièce. Je me suis levée, habillée, et après un petit-déjeuner rapide, nous avons pris la route de Disney World.

Papa et maman étaient pleins d'entrain, ils bavardaient gaiement, apparemment impatients de profiter de ce que cette journée nous réservait. Leur bonne humeur était contagieuse : en arrivant sur le parking du parc d'attractions géant, nous étions vraiment ce que nous avions fait semblant d'être au début du voyage, une famille insouciante et heureuse.

– C'est comme à la télévision ! s'est écrié Jason en extase devant les flèches dorées du château de Cendrillon.

En dépit de ma réserve initiale sur cet univers rempli de créatures animées, le royaume enchanté m'a littéralement « enchantée ». Le rêve et la réalité se confondaient si bien que le stress de ces derniers mois s'est évanoui. Les pirates des Caraïbes faisaient tonner leurs canons sans blesser qui que ce soit ; la salle de bal de la maison hantée regorgeait de fantômes, mais personne n'avait peur. Nous sommes passés de l'univers du western à l'univers du futur en descendant une rivière sur le radeau de Tom Sawyer avant de glisser au fond des océans à bord d'un sous-marin miniature.

Il était presque deux heures quand nous nous

sommes assis pour déjeuner à une table surplombant un lac constellé de cygnes.

– Si on allait à Epcot cet après-midi ? a suggéré papa. On pourrait visiter les expos et dîner ensuite dans un des restaurants étrangers.

– On ne va pas déjà partir ! On vient juste d'arriver ! s'est écrié Jason. Je n'ai pas encore exploré la jungle !

– Ta mère a envie de voir le film en 3-D. Et je suis sûr que ça te plaira. Il paraît qu'il y a des effets spéciaux incroyables. À mon avis, c'est une expérience très enrichissante.

– Je m'en fiche ! Je veux essayer le bateau du Mississippi et faire un tour dans une tasse de thé.

– Je vais rester avec lui, ai-je proposé. Allez à Epcot. Ça fait des siècles que vous n'avez pas eu un moment seuls tous les deux.

– Tu es sûre ? a demandé maman.

– Laissons les enfants ici s'ils le souhaitent, a déclaré papa. Aujourd'hui, chacun doit se faire plaisir ; si le plaisir de Jason est de se rendre malade dans une tasse de thé qui tourne à toute vitesse, libre à lui. Rendez-vous à six heures à la porte d'entrée.

Comme j'aurais dû m'en douter, à la minute même où nos parents ont disparu, Jason s'est déchaîné, il voulait monter sur tous les manèges que maman lui avait interdits. Il s'est aussi arrangé pour enlever ses lentilles. Jason aux yeux bruns était soudain redevenu Bram avec un œil bleu et l'autre marron.

– Va immédiatement les remettre. Tu sais que tu ne dois pas les quitter. Tu ne les avais pas quand Larry est venu hier soir ; il a remarqué tes yeux et m'a fait la réflexion.

– Je déteste ces verres de contact.

Nous sommes arrivés à un compromis : je lui ai acheté des lunettes de soleil Mickey qu'il m'a juré de garder jusqu'à ce que nous remontions dans la voiture. Et il a filé comme une flèche. À partir de ce moment-là, j'ai passé mon temps à le suivre d'un manège dément à un autre en regrettant de ne pas pouvoir le tenir en laisse.

La foule était encore plus dense que le matin et la chaleur de plus en plus écrasante. Mais, bien obligée de suivre le sillage de mon moustique de frère, j'ai testé une dizaine d'attractions.

Fatiguée, je l'attendais en sirotant un Coca au pied de je ne sais quel manège sur lequel il tournait comme une toupie, quand soudain quelqu'un a appelé « April ?». Instinctivement, j'allais me retourner ; heureusement, je me suis arrêtée à temps. C'était sûrement une coïncidence. Pourtant mon cœur battait la chamade. Si April n'est pas un prénom courant, il n'est pas non plus unique, me suis-je dit pour me rassurer. Dans un endroit aussi vaste que Disney World, je ne devais pas être la seule.

Cette idée réconfortante s'est dissipée lorsque la voix a répété : « April ?» Et une troisième fois, comble de l'horreur : « April Corrigan ?»

Entendre mon nom entier était si inattendu que le choc m'a clouée sur place. Mon instinct de survie a pourtant pris le dessus ; après un rapide coup d'œil à mon frère pour m'assurer qu'il était à l'abri dans sa tasse de thé et qu'il portait bien ses lunettes de soleil, je me suis éloignée rapidement comme si je venais de me souvenir qu'on m'attendait ailleurs.

– April ! April, attends ! April, c'est Jodi !

Cette voix était soudain si horriblement familière que j'ai accéléré le pas, me faufilant à toute vitesse dans la foule, bousculant les gens qui faisaient la queue pour entrer dans la montagne magique.

– April !

Une main m'a saisi le bras.

– April, tu ne m'entendais pas ? Je n'arrête pas de crier ton nom ! Je savais bien que c'était toi ; même de dos, avec ta nouvelle coupe de cheveux, je t'ai reconnue !

Je ne pouvais pas faire autrement que de me retourner et d'embrasser Jodi Simmons, ma partenaire de double au tennis.

Tant de choses avaient changé dans ma vie depuis que je l'avais quittée, que j'ai été étonnée de la retrouver exactement pareille à elle-même. Ses yeux brillaient du plaisir de me revoir, et sa jolie bouche arborait un sourire lumineux. À côté d'elle, j'ai eu soudain l'impression d'avoir vieilli de plusieurs siècles.

– C'est incroyable ! C'est super de te voir. Tu es toute seule ? Qu'est-ce que tu fais ici, April ?

– La même chose que toi. Je fais semblant d'avoir dix ans.

– C'est incroyable ! répétait Jodi en s'agrippant à mon bras comme si elle craignait que je ne disparaisse dès qu'elle me lâcherait. Je ne m'attendais vraiment pas à tomber sur toi ici !

Est-ce que tu te rends compte de l'inquiétude dans laquelle tu nous as tous plongés ? Sherry nous a raconté que tu avais été appelée chez le conseiller d'éducation et qu'après plus personne ne t'avait revue !

– Mes parents ont décidé qu'ils avaient besoin de vacances.

Sitôt énoncés, ces mots m'ont paru ridicules.

Jodi a haussé les sourcils d'un air incrédule.

– Tu plaisantes ! Personne ne part en vacances trois semaines avant la fin des cours ! Même ta grand-mère ne sait pas où vous êtes. Je me suis arrêtée chez elle l'autre jour pour lui déposer ta raquette de tennis et elle m'a dit qu'elle n'avait pas ton adresse.

– Il y a une raison à cela, mais je n'ai pas le droit d'en parler. Comment ça va, là-bas ? Est-ce que l'équipe de tennis a fait des étincelles aux finales régionales ?

– Un vrai désastre. Depuis que tu n'es plus là, je joue avec Cynthia et tu sais à quel point elle est nulle au filet. On a perdu au premier tour du double et ça a tellement perturbé mon jeu que je n'ai pas fait mieux en simple. Mais assez parlé de moi. C'est toi qui m'intéresses. Tu reviens pour la rentrée ?

– Non, mais je serai là au second semestre. Dis à Malloy de me réserver une place dans l'équipe. Écoute, Jodi, ça m'a fait plaisir de te voir, mais il faut que je file. Mon frère m'attend à la maison hantée.

– Tu ne peux pas partir sans me raconter ce qui s'est passé ! C'est comme si tu avais disparu de la surface de la terre ! Le week-end dernier, j'ai rencontré Steve et Sherry à une soirée et ils m'ont dit qu'ils n'avaient aucune nouvelle de toi, rien, pas un mot. Il y a des bruits qui courent comme quoi ton père aurait été obligé de partir à cause d'un procès.

– Steve et Sherry étaient ensemble à une soirée ? Tu ne veux pas dire... tu n'es pas en train de me dire qu'ils sortent ensemble !

– Plus ou moins, a répondu Jodi d'un air embarrassé. Ce n'est pas le grand amour, rassure-toi. Dans quelques semaines, Steve part à la fac.

Sans répondre, je me suis dégagée de l'étreinte de Jodi et je suis partie en courant vers la maison hantée. J'ai dû bousculer une bonne douzaine de personnes sur mon passage, les yeux noyés de larmes.

# 12

Mes parents ont bien vu que j'avais pleuré. Lorsque je leur ai raconté ma rencontre avec Jodi, ils sont devenus pâles.

Papa m'a immédiatement demandé :

– Qu'est-ce que tu lui as raconté ?

– Rien. Je ne lui ai rien dit.

– Mais tu lui as forcément parlé. Tu n'es pas restée muette. Elle a dû te demander où nous habitions ?

– Bien sûr, mais je suis restée évasive. Elle ne sait même pas que nous vivons en Floride. J'ai simplement dit que nous étions en vacances à Disney World.

– C'est ma faute, a repris papa. Jamais nous n'aurions dû venir ici. Je ne sais pas ce qui m'a pris de vous proposer une excursion pareille. Disney World est un lieu très fréquenté pendant les vacances. Il était inévitable de tomber sur quelqu'un.

Je me sentais horriblement déprimée :

– Steve et Sherry sortent ensemble.

– Ah, c'est pour ça que tu as pleuré ! a dit maman en me prenant dans ses bras. Ne t'inquiète pas, ce n'est sans doute pas sérieux. Steve doit se sentir très seul sans toi, tu lui manques ; et comme Sherry est ta meilleure amie, il te retrouve à travers elle.

– Un de perdu, dix de retrouvés, a lancé mon

père, sans pitié. Les histoires d'amour sont bien le cadet de nos soucis.

– Tais-toi ! Il est normal qu'une fille de son âge se sente blessée par ce genre de mésaventure.

– Il serait temps que Val grandisse et prenne conscience de certaines priorités de l'existence. Si elle a envie d'avoir un petit ami, elle peut s'en trouver un à Grove City.

– C'est toi qui parles de priorités ! l'a coupé maman. Mais quelles étaient tes priorités à toi le jour où tu as mis nos vies en danger dans ta frénésie à jouer les James Bond ?

Un silence de plomb s'est installé entre eux. Nous sommes retournés à Grove City, sans nous arrêter pour dîner.

Le téléphone sonnait lorsque j'ai ouvert la porte de la maison. C'était Larry.

– Où étais-tu ? Je t'ai appelée toute la journée.

– Nous revenons de Disney World.

– On devait aller à la plage aujourd'hui, tu te souviens ? Et tu m'as plaqué pour Mickey ?

– Mais non. Papa nous a annoncé ça ce matin. De toute façon, on n'avait rien décidé. Je t'avais dit que j'allais leur en parler.

– Et moi je t'avais dit que je t'appellerai ce matin. J'ai horreur qu'on me pose des lapins.

Je n'ai pas supporté sa mauvaise humeur. La journée avait été suffisamment éprouvante.

– Et moi j'ai horreur qu'on m'engueule !

Sur ce, chose que je n'avais jamais faite à personne, j'ai raccroché avant qu'il ait eu le temps de répondre.

Savoir que Steve sortait avec Sherry m'avait porté un tel coup que les jours suivants, je me suis sentie vide de toute énergie. Le matin, je ne jouais plus au tennis, je traînais au lit. Ma chambre lépreuse était devenue le centre de ma vie. À l'heure où j'émergeais enfin de mon trou, je m'étais tellement apitoyée sur mon triste sort que je n'avais plus envie de rien.

J'ai fini par me secouer un peu, grâce à Kim qui m'a téléphoné quatre jours après notre excursion à Disney World.

– Je voulais prendre de tes nouvelles. Larry supporte très mal votre rupture.

– Notre rupture ? Quelle rupture ? Il n'y a jamais rien eu d'autre que des échanges de tennis entre Larry et moi.

– Ce n'est pas comme ça qu'il voit les choses. Il te trouve très sympa et a envie de sortir avec toi. Mais il faut que tu le comprennes. Toutes les filles d'ici sont amoureuses de lui ; alors tu penses, lui résister est un affront.

– Pauvre chéri. C'est lui qui t'a demandé de me téléphoner ?

– Pas exactement, enfin... Il aimerait savoir si tu es toujours fâchée contre lui ou bien si tu accepterais de lui parler au téléphone.

– S'il me présente ses excuses, peut-être...

– Ce n'est pas son genre. Il ne s'excuse jamais.

Il faisait chaud, il n'avait pas plu depuis une semaine, les courts de tennis devaient être secs. Papa était à *Photo Express*, maman tapait à la machine, Jason et ses copains étaient réfugiés dans leur cachette, au grenier. Je me sentais ankylosée et j'éprouvais une envie terrible de jouer au tennis.

– Dis-lui de m'appeler. Je n'aurais pas dû lui raccrocher au nez. Mais j'étais énervée ce soir-là.

April n'aurait jamais tenu de tels propos. Mais Valérie Weber, elle, se morfondait dans la solitude.

Kim a probablement téléphoné sur-le-champ à Larry, à moins qu'il n'ait été près d'elle tandis qu'elle me parlait car cinq minutes plus tard, je l'avais au bout du fil. Kim avait vu juste, il ne s'est pas excusé, ce qui m'a terriblement agacée. Ni l'un ni l'autre n'avons fait allusion à notre dernière conversation, nous nous sommes juste donné rendez-vous au tennis le lendemain matin. Et nous avons retrouvé notre rythme quotidien. Nous jouions aussi le soir parfois, dès que le soleil descendait derrière les arbres et qu'il faisait moins chaud sur le court.

Un soir, après avoir disputé trois sets, nous sommes allés boire un Coca. Fran et Amy, deux des filles que j'avais rencontrées au cinéma faisaient la queue devant nous. Nous avons partagé la même table, et au cours de la conversation, Amy nous a invités à une fête qu'elle organisait le samedi suivant.

Enfin, l'invitation s'adressait à Larry qui s'est tourné vers moi pour me demander si j'étais libre ce soir-là. Quand j'ai répondu oui, il m'a gratifiée d'un de ses sourires suffisants et a déclaré :

– Super, je viendrai te chercher vers huit heures.

Une nouvelle fois, j'avais rendez-vous avec

lui. Mais à présent, je ne me sentais plus coupable. Steve ne restait pas cloîtré chez lui à attendre mon retour. S'il sortait avec Sherry, je pouvais bien sortir avec Larry. Il ne m'attirait pas. Ça m'amusait juste de l'accompagner à cette fête, et j'avais vraiment besoin de me changer les idées.

J'étais décidée à profiter au maximum de cette soirée. Malheureusement j'ai trop parlé. Je m'en veux, mais j'en veux surtout au punch. Il était traître parce qu'il avait un délicieux goût de jus de fruits, derrière lequel, je dois l'admettre, on devinait le rhum, et j'en ai bu dans l'espoir de me sentir plus gaie et décontractée. En arrivant, j'étais tendue, nerveuse, perdue au milieu de tous ces étrangers qui se connaissaient depuis le jardin d'enfants. Pour arranger les choses, Sandi était là, entourée d'un cercle de copines qui me regardaient en chuchotant, ce qui me mettait encore plus mal à l'aise. Deux ou trois gorgées de punch m'ont fait le plus grand bien. Amy a mis de la musique, Larry m'a entraînée sans me demander mon avis et quelques minutes après, la pièce était transformée en discothèque.

Un peu plus tard, je me suis retrouvée dans le jardin, mi-assise mi-allongée sur un transat. Et, ô miracle, Steve était près de moi. J'avais les yeux fermés ; je savais que je devais rêver mais je ne voulais pas me réveiller. Steve me serrait dans ses bras, il m'embrassait le visage et le cou en me murmurant des mots doux à l'oreille.

– Mon amour, Val...

– Arrête, Larry, ai-je dit soudain en ouvrant les yeux et en essayant de me dégager.

– Pas de ça avec moi, Val, a soufflé Larry d'une voix enrouée. Ça fait un mois qu'on se voit tous les jours. Si je ne te plaisais pas, tu ne passerais pas autant de temps en ma compagnie.

– Tu ne comprends pas. J'ai un petit ami en Virginie. Je ne peux pas lui faire ça.

Il m'a regardée fixement.

– En Virginie ? Tu as pourtant assuré l'autre jour à Abby que tu n'avais jamais mis les pieds là-bas.

– Je veux dire en Caroline du Nord.

Larry s'est redressé. Son visage était dans l'ombre et le mien éclairé par la lune ; j'ai eu très peur de ce qu'il pouvait y lire.

– J'ai trop bu...

– Abby est peut-être un poison, a continué Larry calmement mais elle est loin d'être idiote. Tu étais bien assise à côté d'elle dans l'avion. Elle savait que tu venais de Virginie parce que tu le lui as dit.

– Et alors ? Quelle importance ? Durham, ou Norwood, il n'y a aucune différence.

– La différence, c'est que tu as menti. D'après Abby, tu t'appelles April. Pourquoi nous as-tu menti, à Kim et à moi ?

– Je m'appelle vraiment Valérie. C'est mon vrai nom !

Le goût du punch me remontait dans la gorge.

– Je ne me sens pas bien, Larry. Ramène-moi à la maison, s'il te plaît.

– D'accord. En tout cas, on en reparlera. Je te raccompagne mais je veux savoir ce qui se passe. J'ai horreur qu'on se paye ma tête.

À mon grand soulagement, il n'a pas essayé d'en savoir davantage pendant le trajet du retour. Pourtant, quand j'ai voulu descendre de voiture, il m'a retenue par le bras.

– Qu'est-ce que tu fabriques à Grove City ? Pourquoi tes parents sont-ils venus ici ? Vous n'avez pas de famille dans le coin et ce n'est certainement pas pour travailler à *Photo Express* que ton père a déménagé. Weber n'est pas ton vrai nom, n'est-ce pas ?

J'ai dégagé brusquement mon bras et sauté de la voiture. Les phares éclairaient l'allée jusqu'au porche. Je l'avais presque atteint quand j'ai vomi.

Le lendemain matin, je me sentais si mal que je ne me suis pas levée. Maman a pensé que j'avais attrapé une grippe intestinale ; je suis restée au lit, le drap remonté jusqu'aux yeux, me maudissant d'avoir parlé à tort et à travers et essayant de me persuader que Larry, qui avait lui aussi abusé du punch, ne se souviendrait de rien.

En fin d'après-midi, on a frappé à ma porte. Mon père est entré avec une liasse de billets de cinquante dollars à la main.

– Ils sont à toi, a-t-il déclaré en les posant sur mon bureau. Tom est venu nous apporter de l'argent. Loftin a été assassiné aujourd'hui.

– Loftin assassiné ! Mais je croyais qu'il était en prison ?

– Il a été libéré sous caution lorsque son avocat a fait appel. D'après Tom, il était en train de tondre sa pelouse, ce matin, quand quelqu'un lui a tiré dessus d'une voiture. Il est mort dans l'ambulance qui le transportait à l'hôpital.

– Je ne comprends pas. Pourquoi est-ce qu'on l'a tué? Il ne travaillait pas pour le compte du gouvernement, lui.

– À mon avis, les dealers qu'il fournissait redoutaient un nouveau procès. Loftin risquait de les dénoncer pour bénéficier d'une remise de peine.

– Alors c'est fini ! Terminé ! On peut rentrer à la maison ?

Mon père n'a pas répondu à ma question. Il a dit :

– Ce n'est pas Loftin qui a engagé Vamp. Loftin était en prison à l'époque où Jim Petterson s'est fait tuer. Ce sont les dealers qu'il alimentait qui ont lancé un contrat sur nous et recruté ce tueur. Ces gens-là n'hésitent pas à se débarrasser des témoins et pour eux, je suis aussi gênant que Loftin.

Montrant les billets, je lui ai demandé :

– Qu'est-ce que c'est ? Pourquoi tu me donnes de l'argent ?

– C'est le montant de la vente du mobilier de ta chambre. Même si tout a été bradé au dixième de sa valeur. Je suis sûr que Max a fait au mieux mais avec le marché en baisse, on a évidemment perdu pas mal d'argent.

– La maison ! Max a vendu la maison ? Et où est-ce qu'on habitera quand on rentrera ?

– On verra bien. Ça dépend. Pour le moment nous avons davantage besoin d'argent que d'une maison vide. Je ne gagnerai jamais ma vie avec *Photo Express* et je ne sais pas pendant combien de temps le programme va continuer à payer nos factures.

– À t'entendre, on croirait qu'on va rester ici toute notre vie !

J'attendais un démenti qui n'est pas venu. Je l'ai regardé, horrifiée :

– Est-ce que tu essaies de me faire comprendre qu'on ne retournera jamais à Norwood ?

– L'avenir nous le dira.

– Tu m'avais promis qu'on serait de retour pour Noël !

– Je n'ai jamais dit ça. C'est toi qui voulait y croire. Peut-être qu'on pourra rentrer un jour. Nul ne sait comment la situation va évoluer. Ce qui importe, c'est d'être en sécurité et ensemble.

– Mais je devais m'inscrire à la fac, à Duke, cette année !

– Tu n'iras pas à Duke. Plusieurs de tes camarades de classe y vont et ils te connaissent sous le nom d'April Corrigan. Mais ne t'inquiète pas, il y a une bonne fac pas très loin d'ici où tu seras sûrement acceptée.

J'ai ouvert la bouche pour protester mais il m'en a empêchée.

– Non, ne dis rien. Je viens d'avoir le même genre de discussion avec ta mère et je ne supporterai pas une deuxième crise de nerfs.

Il a quitté ma chambre. C'était trop injuste ! Quand ce cauchemar allait-il donc finir ?

# 13

Lorsque je me suis éveillée le lendemain matin, ma décision était prise. Même vendus à perte, les meubles de ma chambre avaient rapporté plus de quatre cents dollars, largement de quoi payer un billet d'avion pour Norwood.

J'aurais préféré, bien sûr, parler à mes parents de mon intention de retourner là-bas pour vivre chez ma grand-mère. Mais je savais pertinemment qu'ils s'y opposeraient.

Je n'étais pas très fière de mon attitude, mais je n'avais pas le choix. S'ils m'aimaient vraiment, ils comprendraient et me pardonneraient.

Allongée sur mon lit, j'ai mis au point les détails de mon plan tandis que les premiers rayons du soleil projetaient l'ombre des feuilles sur le mur craquelé. Il ne fallait surtout pas que mes parents aient vent de mon projet et aient le temps de m'intercepter à l'aéroport de Sarasota avant le décollage de l'avion. L'idéal serait qu'ils ne sachent rien jusqu'à ce que je sois chez Lorelei. Il me fallait un alibi, non seulement pour le jour de mon départ, mais aussi pour le jour suivant.

J'ai donc demandé à maman la permission de passer le week-end chez Kim dont les parents allaient chez des cousins à Miami.

– Kim n'a pas envie de les accompagner et ses parents ne veulent pas la laisser seule chez elle.

Avant, j'aurais été incapable de mentir à qui que ce soit, et en particulier à ma mère. Mais depuis trois mois, j'avais eu l'occasion de m'entraîner et les mensonges sortaient dorénavant de ma bouche avec le plus grand naturel.

Maman a tout de suite accepté.

– Je suis contente que tu te sois fait des amis…

Sa phrase est restée en suspens mais j'ai deviné la suite… « parce que nous sommes ici pour un certain temps ».

Le reste de mon plan s'est déroulé parfaitement : j'ai réservé mon billet d'une cabine téléphonique et obtenu une place sur le vol du lendemain après-midi.

Ce soir-là, j'ai eu du mal à avaler mon dîner. Malgré la dispute qui les avait opposés la veille, mes parents faisaient un effort pour se montrer insouciants et bavards. Cette bonne humeur m'a rappelé notre ancienne vie et j'ai ressenti une profonde angoisse, je savais qu'ils allaient me manquer terriblement. Pourtant, je les reverrais, un jour ils reviendraient en Virginie, et d'ici là, je leur écrirais.

Je ne me levais plus très tôt pour jouer au tennis, pourtant, le lendemain matin, j'étais debout à temps pour prendre le petit-déjeuner avec mon père et l'embrasser avant qu'il ne parte travailler.

Il a semblé surpris mais ravi de cette démonstration d'affection inhabituelle.

– Bonne journée, ma chérie. À ce soir.

– Non, pas ce soir, je vais passer le week-end chez Kim.

– Ah, c'est vrai. J'avais oublié. Tenez-vous bien, les filles. Ne profitez pas de l'absence des parents de Kim pour faire une java à tout casser, a-t-il ajouté en plaisantant.

J'étais contente de ne pas l'avoir mis au courant de ce qui s'était passé le week-end précédent.

Je suis retournée dans ma chambre pour fourrer dans mon sac le maximum d'affaires.

La matinée était bien avancée lorsque je suis descendue à la cuisine où ma mère, comme d'habitude, tapait à la machine.

– Je croyais que tu avais dit à papa que tu ne le publierais pas.

– C'est vrai, mais je veux le terminer quand même. Je ne peux pas me faire à l'idée de le laisser en plan. L'écriture c'est ma vie. Je n'ai aucune faculté d'adaptation.

Elle a montré mon sac du doigt :

– Tu emportes tout ça chez Kim ?

– Oui, il y a mes affaires de tennis. S'il ne pleut pas, nous jouerons certainement.

– En pleine chaleur ? Ces gamines sont folles ! Mets un chapeau, au moins, sinon tu vas attraper une insolation.

Comment avais-je le culot de tromper quelqu'un qui me faisait tellement confiance ? J'ai failli renoncer. Puis, en pensant à ce qu'elle venait de dire sur son manque de faculté d'adaptation, j'ai compris que cela s'appliquait aussi à moi. J'étais April Corrigan, la petite amie de Steve, la championne de l'équipe de tennis, une élève certaine d'être acceptée dans une fac prestigieuse. Je n'étais pas Valérie Weber, condamnée à pousser la baballe sur un court miteux et à entrer dans une petite fac médiocre de Floride.

Alors, j'ai ravalé ma honte, embrassé ma mère et quitté la maison. Jason jouait dehors avec ses deux copains. Ils lançaient un ballon de basket dans un panier que papa avait fixé à une poutre, à l'extérieur du garage. Dès qu'il m'a vue sortir avec mon sac, il s'est arrêté net, le ballon dans les mains, et m'a regardée d'un air interrogateur.

– Tu pars en « mini-vac »?

– Je vais passer le week-end chez Kim.

– J'ai oublié de te dire que ton petit ami a téléphoné hier, pendant que tu n'étais pas là. Il a dit qu'il rappellerait.

– Larry Bushnell n'est pas mon petit ami. Ce n'est qu'un sale égoïste. Je ne veux plus jamais le revoir.

J'ai descendu l'allée et me suis retournée pour regarder la maison. Jason a sauté et réussi un panier. Il avait incroyablement changé en peu de temps. Il avait grandi, minci et perdu son air bébé. À quoi ressemblerait-il la prochaine fois que je le verrais ?

Soudain, j'ai posé mon sac et couru jusqu'à lui pour le serrer très fort dans mes bras.

– Qu'est-ce qui t'arrive ?

– C'est juste comme ça.

– Comme ça quoi ? Ma sœur est bizarre en ce moment, a-t-il déclaré à ses copains. D'habitude, elle n'est pas aussi nunuche.

Le trajet jusqu'au centre-ville m'était familier, mais c'était la première fois que je le faisais à pied en portant un sac. Il était plus lourd que je n'avais voulu le reconnaître devant ma mère et j'étais obligée de m'arrêter toutes les cinq minutes pour le changer de main. Je suis arrivée juste à temps pour attraper le bus de Sarasota. Une heure plus tard, j'étais à l'aéroport.

J'ai retiré mon billet au guichet de l'Eastern avant de me diriger vers les cabines téléphoniques alignées contre le mur. Mes mains tremblaient en composant le numéro de Steve.

La voix qui m'a répondu n'était pas celle que j'espérais.

– Salut Billy. Est-ce que Steve est là, s'il te plaît ?

– Non, il est sorti. Il sera là pour le dîner. C'est Sherry ?

– Non. Ce n'est pas Sherry, c'est April.

– April ? D'où est-ce que tu appelles ? Steve a dit que tu avais déménagé et qu'il ne savait pas où tu étais.

– J'ai déménagé, mais je reviens. Je serai à l'aéroport à six heures, ce soir. J'aimerais bien que Steve vienne me chercher. Tu as de quoi écrire, que je te donne le numéro du vol ?

– Je vais chercher un crayon.

Cela m'a paru durer une éternité. Je lui ai fait répéter ce qu'il avait noté afin d'être sûre qu'il ne se soit pas trompé.

J'ai raccroché avant de composer un autre numéro. Le téléphone a sonné si longtemps que j'ai pensé que ma grand-mère n'était pas chez elle. Cela n'aurait pas été surprenant car le samedi après-midi, elle jouait souvent au bridge avec des amis. J'allais laisser tomber quand on a décroché.

– Allô ? ai-je risqué. Allô, Lorelei ?

– April ?

La voix de ma grand-mère semblait tendue, peu naturelle.

– Pourquoi m'appelles-tu ici ? Il est arrivé quelque chose ?

L'accueil était moins enthousiaste que prévu.

– Non, tout va bien.

– Pourquoi m'appelles-tu alors ? Même ta mère n'a pas le droit de me parler. Ne me dis surtout pas où tu te trouves. La ligne est peut-être sur écoute.

– Je ne te dirai rien. J'appelle d'une cabine. Je reviens, Lorelei. J'arrive ce soir en avion. Je veux habiter chez toi jusqu'à la fin de l'année scolaire, ensuite j'irai à Duke, comme prévu.

– Ce n'est pas une bonne idée. Et tes parents, qu'est-ce qu'ils en disent ? Je m'étonne que ta mère te laisse venir ici.

– C'est mon idée, pas la leur. En fait, ils ne sont pas encore au courant. Je leur ai raconté que je passais le week-end chez la cousine d'un garçon avec qui je joue au tennis, Larry Bushnell.

– Rentre immédiatement chez tes parents. Je t'interdis de venir ici. Ne me rappelle surtout pas. C'est dangereux. Il s'est passé quelque chose de terrible, Richard Loftin a été assassiné.

– Papa me l'a dit. Mais ça n'a rien à voir avec moi. Monsieur Loftin connaissait l'identité de certains trafiquants de drogue qui ont eu peur qu'il ne les dénonce. Je ne suis une menace pour personne, je ne suis qu'une adolescente. Tout ce que je veux, c'est rentrer à la maison...

La communication a été coupée sans que Loreleï ait eu le temps de répondre.

En attendant l'heure de mon vol, j'ai écrit à mes parents. Dans ma lettre, je leur disais ce que je faisais, combien je les aimais, à quel point ils allaient me manquer mais qu'il m'était impossible de continuer à vivre cachée comme une criminelle. J'ai acheté un timbre à la boutique de l'aéroport et jeté l'enveloppe dans une boîte avant de gagner la salle d'embarquement.

Si j'avais bien calculé, ma lettre arriverait lundi matin, presque à l'heure à laquelle j'étais censée revenir de chez Kim. Ma mère téléphonerait à mon père. Je me les représentais en proie à toutes les émotions possibles, de la consternation à la colère en passant par le chagrin, pour finir, je l'espérais, par comprendre et accepter.

# 14

– Tu es venu !

J'ai enfoui mon visage dans le creux du cou de Steve et respiré sa peau tiède qui sentait bon l'after-shave.

– Bien sûr que je suis venu. Quand Billy m'a dit que tu avais appelé, je n'arrivais pas à y croire. J'avais perdu tout espoir de te revoir un jour. Il a fallu que je regarde à deux fois avant de te reconnaître sur la passerelle. Je ne m'étais jamais imaginé Rapunzel avec les cheveux courts.

Il m'a écartée de lui pour mieux me voir.

– Alors où étais-tu ?

– Ne me pose pas de questions. Je n'ai pas le droit de parler. Nous sommes partis à cause du témoignage de papa au procès Loftin. Un homme a été tué et nous avons été obligés de nous cacher, c'était horrible. Je suis si contente d'être de retour.

– Et ta famille ?

Steve a regardé par-dessus mon épaule comme s'il s'attendait à les voir apparaître à leur tour.

– Je suis seule. Je vais habiter chez ma grand-mère. Enfin, je l'espère. Elle ne m'a pas semblé très enthousiaste quand je le lui ai annoncé, mais je ne pense pas qu'elle me claquera la porte au nez une fois que je serai devant elle.

– Elle ne te ferait jamais une chose pareille. Ton coup de téléphone a dû tellement la surprendre qu'elle ne savait pas comment réagir. Jodi a essayé de l'appeler après t'avoir vue à Disney World, mais elle n'a pas réussi à la joindre.

Il a saisi mon sac et, passant un bras autour de ma taille, il m'a entraînée vers le hall.

– Tout le monde s'est inquiété à ton sujet. Tu es partie si brusquement. J'ai d'abord cru qu'on s'était mal compris, que je t'avais ratée au tennis ce jour-là mais quand, le soir, j'ai vu la maison vide fermée à clef, avec la voiture de ta mère dans l'allée, j'ai paniqué. J'ai compris que c'était grave.

– Tout s'est passé tellement vite. Nous n'avions même pas le droit de téléphoner. Au début, nous avons cru que ça n'allait durer que quelques jours. Puis les jours se sont transformés en semaines, et les semaines en mois. J'avais l'impression d'être aspirée dans une spirale infernale.

– J'étais persuadé que tu reviendrais pour la fête de fin d'année, ou au moins pour la remise des diplômes. Ce jour-là, au moment de recevoir le mien, j'ai pensé que tu étais arrivée en retard et que tu devais être là, au fond.

– Je t'ai écrit pour te dire que je ne pourrais pas venir.

– Je n'ai reçu aucune lettre.

À ces mots, je me suis sentie comme happée par un trou noir recélant une vérité que je refusais d'affronter. J'ai réussi tant bien que mal à me raisonner. Que Steve n'ait pas reçu ma lettre ne voulait rien dire. Elle avait pu se perdre, le timbre s'était peut-être décollé, l'encre avait coulé et l'adresse était devenue illisible. Étant donné que je n'y avais pas noté les coordonnées de l'expéditeur, il était impossible de me la retourner.

J'ai changé de sujet et demandé :

– Comment ça va avec Sherry ?

– Pas de problème, a-t-il répondu un peu trop vite. Elle n'en revenait pas quand Billy nous a appris que tu avais appelé. Elle voulait m'accompagner, mais nous avons pensé qu'il valait mieux qu'elle te téléphone demain.

– Sherry était avec toi quand Billy t'a donné mon message ?

– Heu, oui. Elle était aussi heureuse que moi d'apprendre ton retour.

– Qu'est-ce qu'elle faisait chez toi ?

– On a organisé un pique-nique en bande, avec Rick et Traci, Debbie et Reed, Jodi et Michael...

– Rien que des couples, quoi. Je sais par Jodi que vous sortez ensemble. Tu t'es vite consolé de mon absence.

– Mais non, pas du tout. On s'est vu très souvent parce qu'on essayait de comprendre ce qui t'était arrivé.

– Et une chose en entraîne une autre, c'est ça ? lui ai-je demandé d'un ton sarcastique en me dégageant.

– Pas avant que le panneau « À vendre » ne soit planté dans ton jardin. C'est là qu'on a compris que tu ne reviendrais plus.

Il a posé la main sur mon bras :
– Ne sois pas fâchée, April. Je suis sincèrement heureux que tu sois revenue, et Sherry aussi.
Arrivés sur le parking, il a posé mon sac sur la banquette arrière et m'a ouvert la porte avant de monter en voiture. Il a gardé les deux mains sur le volant sans faire un geste m'invitant à me blottir contre lui. Je suis restée raide dans mon coin, trop blessée et trop furieuse pour engager la conversation.
– Tu veux t'arrêter quelque part pour manger un morceau ? a-t-il demandé, gêné.
– Non. Je vais aller directement chez Lorelei. Il faut que je sache si je peux rester chez elle.
– S'il y a un problème, va dormir chez Sherry. Quoi que tu en penses, elle est toujours ton amie.
– Tu parles d'une amie ! Si je ne peux pas passer la nuit chez Lorelei, j'irai chez Jodi.

Lorelei habite dans une résidence entourée d'une grille en fer forgé. Je connaissais bien le gardien, Pat, un Noir très sympathique. Je me suis penchée afin qu'il me voie.
– Bonjour ! C'est moi. Je viens chez ma grand-mère.
Au lieu d'ouvrir la porte immédiatement, il est sorti de son poste de surveillance en dévisageant Steve et a fait le tour de la voiture en scrutant l'intérieur.
Puis il s'est arrêté à ma hauteur.
– Votre grand-mère ne m'a pas prévenu qu'elle

attendait votre visite. Je dois lui demander l'autorisation pour vous laisser entrer.

– Mais, vous me connaissez depuis toujours ! Il faut une permission spéciale pour entrer ici maintenant ?

– Les choses ont changé. Nous ne devons laisser pénétrer personne dont le nom ne figure pas sur la liste des invités. Et votre grand-mère veut que je l'appelle pour vérifier l'identité de chaque visiteur.

– C'est incroyable. Ça ne lui ressemble pas du tout.

– Comme je vous l'ai déjà dit, les choses ont changé.

Il est retourné à son poste ; à travers la vitre, je l'ai vu décrocher le téléphone et composer un numéro. Il a prononcé quelques mots avant de raccrocher, puis il est ressorti.

– Elle a dit que vous pouviez entrer, mais seule. Elle ne veut pas que votre ami vous accompagne.

– Elle est peut-être en chemise de nuit, a suggéré Steve. Je t'attends ici.

– Ce n'est pas la peine. Elle me gardera certainement cette nuit. S'il le faut, je m'occuperai demain de trouver un arrangement à long terme.

Je suis descendue de la voiture. Steve a sorti mon sac et me l'a tendu avec un sourire hésitant, dans une tentative de réconciliation.

– Merci d'être venu me chercher à l'aéroport. Tu n'étais pas obligé.

– Ça m'a fait plaisir. C'est super que tu sois revenue.

Brusquement, il s'est penché vers moi et m'a effleuré la joue du bout des lèvres.

– Si tu as besoin de quoi que ce soit, appelle-moi. Tu sais que je tiens encore à toi, même si ce n'est plus tout à fait comme avant. La vie continue, je ne pouvais pas savoir que je te reverrais un jour.

Je n'ai rien répondu, je ne l'ai pas embrassé non plus. J'en étais incapable, j'aurais fondu en larmes. J'ai saisi mon sac et je me suis dirigée vers la résidence. En arrivant devant l'entrée, je me suis retournée. Steve était toujours debout, à côté de la voiture. Quand il a vu que je le regardais, il m'a fait un signe de la main. J'ai ravalé mes larmes et j'ai sonné. J'ai eu la surprise d'entendre un chien aboyer à l'intérieur. Puis la voix de Lorelei a ordonné :

– Éloigne-toi de la porte !

J'ai reculé de façon à être bien visible par l'œilleton dont elle ne se servait jamais d'habitude. Puis j'ai entendu le déclic de la serrure et la porte s'est ouverte sur une femme que j'ai failli ne pas reconnaître.

– Tu es quand même venue. Je m'y attendais. Tu es tellement têtue qu'il est impossible de te faire entendre raison.

J'étais pétrifiée d'horreur :

– Lorelei ! Lorelei, mais qu'est-ce qui t'est arrivé ?

– Ne reste pas plantée là. Entre.

Elle a refermé la porte à clef derrière moi. Porky s'est mis à courir frénétiquement autour de mes jambes en aboyant joyeusement.

Incrédule, je ne parvenais pas à détacher mon regard de ma grand-mère. Elle avait le bras droit pris dans un plâtre en forme de L depuis l'épaule jusqu'au poignet, et tout le côté gauche de la figure de la vilaine couleur jaune que prennent les bleus avant de disparaître.

– Que s'est-il passé ? Tu as eu un accident ?

– Ce n'était pas un accident, mais une sottise : j'ai ouvert ma porte à un étranger, et voilà le résultat.

Elle s'est laissée tomber sur le canapé comme si ses jambes étaient trop faibles pour la soutenir.

– C'était il y a une semaine, Pat m'a appelée pour me prévenir qu'un livreur m'apportait un paquet. Je lui ai dit de le laisser entrer. L'homme qui s'est présenté était très poli. Il m'a demandé où je désirais qu'il pose la boîte. Je lui ai dit de la mettre dans l'entrée. Une fois dans l'appartement, il s'est métamorphosé. Il m'a menacée en me disant que si je ne révélais pas l'endroit où se cachait ton père, je le regretterais. Alors, je me suis précipitée dans ma chambre, où il y a un autre téléphone. Si j'arrivais à fermer la porte, je pouvais appeler Pat à l'aide.Ça aurait pu marcher seulement voilà, je revenais d'un déjeuner et je portais des chaussures à talons hauts. L'un d'eux s'est pris dans le tapis et avant que j'aie pu retrouver mon équilibre, l'homme s'est jeté sur moi et m'a tordu le bras.

– Oh Lorelei ! Mais c'est horrible !

– J'ai crié, mais personne n'a entendu. Figure-toi que l'une des raisons pour lesquelles j'ai acheté un appartement ici, est l'insonorisation impeccable. Si je n'entends pas mes voisins, eux ne m'entendent pas non plus ; je pouvais toujours crier.

L'homme me tordait le bras en me demandant si je savais où se trouvait ton père ; heureusement que je ne le savais pas, autrement je le lui aurais dit. C'est drôle, on ne pense jamais au bruit que font les os en se cassant. Le mien a fait le même bruit qu'une branche de sapin de Noël complètement sec. J'ai dû m'évanouir de douleur car je ne me souviens de rien. Je me suis retrouvée allongée dans le noir. J'ai réussi à me relever et à allumer. Tu imagines mon soulagement quand j'ai découvert que j'étais seule.

– Oh, Lorelei ! ai-je répété.

J'avais envie de la serrer dans mes bras, mais je craignais de lui faire mal.

– Et après ? Tu as appelé la police ?

– La police, le F.B.I., une ambulance, dans cet ordre. À l'hôpital, on m'a soignée, donné un calmant, et gardée toute la nuit en observation. C'est une amie qui m'a ramenée chez moi le lendemain. En chemin, je lui ai demandé de passer prendre Porky au chenil. Je ne me fais pas d'illusions sur les capacités de cette créature jappeuse à me protéger mais, au moins, il me prévient si quelqu'un essaie d'entrer.

– Je n'arrive pas à croire qu'on ne nous ait rien dit. Max aurait pu nous avertir.

– Il n'a même pas répondu à mon appel. Sa secrétaire m'a informée que le F.B.I. n'est pas responsable des gens que le Programme de

Sécurité des Témoins prend sous sa protection. Tu comprends, à présent, pourquoi tu ne peux pas revenir ici ? Celui qui m'a attaquée s'est rendu compte que je ne possédais pas l'information qu'il cherche, mais toi ?

Je ne pouvais pas la contredire.

– Tu as raison, il faut que je retourne là-bas. Je n'ai pas le choix.

– Qui est au courant de ton arrivée, en dehors de Steve ?

– Son frère Billy, ses parents sans doute, et Sherry.

– Dans ce cas, nous devons partir ce soir.

– Nous ? Tu as dit nous ?

– Depuis ton coup de fil, j'ai réfléchi et j'ai décidé que si tu venais, je partirais avec toi. Ce n'est pas une décision facile à prendre car mes racines, mes amis, mes activités, mes souvenirs sont ici. Mais cela ne pèse pas lourd à côté de la famille. Ton père est un adorable petit garçon irresponsable qui n'a jamais grandi et ta mère vit dans un univers de rêves et de papier couvert de mots. Il est de mon devoir d'être près d'eux quand ils ont besoin de moi.

– Mais tu ne sais même pas où nous vivons ! Nous habitons en Floride, dans un trou perdu. Il n'y a ni orchestre symphonique ni club, rien, à peine un Mac Donald.

– Inutile donc que j'emporte mes robes du soir. Aide-moi à faire ma valise ; d'une main, je n'y arriverai pas. On charge la voiture et on s'en va. Plus tôt nous serons loin de Norwood, mieux cela vaudra.

Il me restait une question à lui poser, une question dont je connaissais déjà la réponse.

– Est-ce que l'homme qui t'a cassé le bras avait les yeux très sombres ?

– Très sombres, c'est un euphémisme : tu peux parler de deux flaques d'encre.

# 15

J'ai posé sur le lit de Lorelei son assortiment de valises, avant de faire avec elle le tour de la maison afin de rassembler les affaires qu'elle désirait emporter. En moins d'une heure, nous étions prêtes à partir.

Ses choix m'ont parfois étonnée. Elle a voulu prendre une étole d'hermine, tout le contenu de son coffret à bijoux, un tailleur en soie grège et huit paires de chaussures à talons hauts ; et puis quelques objets auxquels elle était attachée sentimentalement : une poupée à tête de porcelaine qui datait de son enfance, une bible de famille et de nombreuses photos.

– Ça ira comme ça, a dit Lorelei quand la deuxième valise a été bouclée. Je peux me passer du reste. Il faut aussi prendre les cartons que j'ai mis de côté pour tes parents, et nous devons laisser une petite place à Porky.

La Porsche de Lorelei était garée devant la résidence. J'ai chargé les cartons dans le coffre et posé les valises sur le siège arrière. Porky me collait aux talons de peur que je ne l'abandonne une fois de plus. À mon troisième voyage, il a réussi à glisser son corps dodu entre deux sacs et à se lover dans un espace minuscule en poussant un gros soupir de soulagement. Il était si content de venir avec nous qu'il se moquait éperdument d'être confortablement installé.

Quand le chargement a été terminé, j'ai attendu dans l'entrée que Lorelei fasse un dernier tour de l'appartement afin de vérifier portes, fenêtres et lumières. Lorsqu'elle est revenue, elle tenait ma raquette de tennis à la main.

– Jodi l'a rapportée. Elle m'a dit que c'était celle dont tu te servais pour les tournois.

– Je ne peux plus faire de tournois. Papa a peur que ma photo paraisse dans le journal.

– Vraiment ? Je n'y aurais pas pensé, mais je suppose qu'il n'a pas tort. Emportons-la tout de même, mets-la à l'arrière. On pourra toujours s'en servir pour calmer ce chien.

À mon grand étonnement, ma grand-mère ne s'est pas retournée. Au moment où j'allais m'asseoir côté passager, elle m'a arrêtée :

– C'est toi qui prends le volant. Je ne suis pas habituée à conduire d'une seule main comme vous, les jeunes, et ce n'est pas le moment d'avoir un accident.

Trois mois plus tôt, dans une autre vie, conduire la Porsche de Lorelei m'aurait plongée dans l'extase. À présent, cela ne m'amusait pas du tout. J'étais revenue à Norwood dans l'espoir que ma grand-mère remettrait de l'ordre dans ma vie, avec la poigne dont elle m'avait laissé le souvenir. Le fait qu'elle me tende les clefs de sa voiture indiquait un renversement de situation auquel je n'étais pas préparée.

Lorsque nous sommes arrivées à hauteur de la grille, Pat est sorti, l'air surpris.

– Vous partez en voyage, madame Gilbert ?

– Un petit séjour au vert, sur les ordres de mon

médecin. La Nouvelle-Angleterre est magnifique en été. Ma petite-fille a pris l'avion aujourd'hui pour m'y conduire.

– Je veillerai sur votre appartement pendant votre absence. Nous avons renforcé la sécurité, vous savez. Je ne me pardonnerai jamais d'avoir laissé cet homme entrer. J'aurais dû me méfier et vérifier ses papiers.

– Je suis persuadée qu'il avait tout prévu et que cela n'aurait rien changé.

Il nous a ouvert la grille. Dans le rétroviseur, je devinais sa mine perplexe tandis qu'il nous regardait nous éloigner.

– Il doit se dire qu'on est folles de partir de nuit.

– Sans aucun doute, mais il n'y avait pas d'autre solution. J'espère que si on l'interroge, il dira que nous sommes en Nouvelle-Angleterre.

Lorelei a regardé sa montre et ajouté :

– Il n'est que huit heures et demie, c'est bien. Nous devrions atteindre la frontière de l'état ce soir. Il y a une carte routière dans la boîte à gants, je t'indiquerai la direction à prendre. Nous avons intérêt à ne pas utiliser mes cartes de crédit ; donc premier arrêt à une banque.

C'est pendant qu'elle retirait de l'argent à un distributeur automatique et que je l'attendais dans la voiture, que j'ai eu la sensation qu'on nous observait. Je me suis retournée pour regarder par la lunette arrière : pas le moindre vampire en vue. Le parking bien éclairé de la banque était désert.

J'ai pensé que je devenais paranoïaque. D'une

part, je venais à peine d'arriver à Norwood, et d'autre part, Lorelei avait déjà été soumise à un interrogatoire musclé. J'ai été soulagée de pouvoir repartir et de me fondre dans la circulation dense du vendredi soir.

Lorelei était optimiste lorsqu'elle pensait que nous atteindrions la Caroline du Nord le soir-même. Au bout de trois heures de conduite, le stress de la journée m'est retombé sur les épaules, je n'en pouvais plus. C'est donc en Virginie, à Petersburg exactement, que nous nous sommes arrêtées, dans un motel dont le panneau « chambres libres » était allumé. Lorelei s'est chargée de nous inscrire. À travers la vitre du bureau, j'ai vu l'employé ouvrir de grands yeux étonnés quand elle a payé en espèces. Il lui a tendu deux clefs, mais elle lui en a rendu une en demandant quelque chose dont la réponse s'est limitée à un seul mot. Lorsqu'elle est sortie, elle m'a annoncé que nous avions la chambre 129 et que la cafétéria ouvrait à sept heures du matin.

J'ai garé la Porsche à l'arrière du motel. J'ai pris mon sac et la plus petite des valises de Lorelei puis libéré le chien qui, heureux de se dégourdir les pattes, s'est précipité vers des buissons, à l'angle du bâtiment. Mais soudain, il est revenu d'un bond et s'est mis à aboyer frénétiquement après une Camaro noire stationnée à quelques portes de la nôtre.

– Ce n'est pas possible. Les animaux ne sont pas admis ici, il va falloir enfermer ce chien dans la voiture.

– Une fois à l'intérieur, il sera sage.

– Non. Je le connais. Dès que quelqu'un passera devant la porte, il aboiera. Mets-le dans la voiture et éloigne-la d'ici. Plus elle sera garée loin, moins il dérangera les autres clients.

J'ai fait ce qu'elle voulait, en m'excusant auprès de Porky qui paraissait si triste qu'il me fendait le cœur. Puis j'ai rejoint Lorelei dans la chambre. Épuisées, nous n'avons même pas allumé la télévision après nous être enfermées. Me sentant sale et courbatue, je suis restée un temps fou sous la douche, laissant couler l'eau sur mon corps. Lorsque je suis enfin revenue dans la chambre, ma grand-mère s'était endormie toute habillée sur l'un des lits.

Je l'ai contemplée un moment, sidérée de la trouver aussi vieillie depuis la dernière fois que je l'avais vue. Doucement, en prenant soin de ne pas la réveiller, je lui ai retiré ses chaussures que j'ai posées à côté de sa valise encore fermée. À cause de l'air conditionné, la pièce était assez fraîche. Pour éviter qu'elle n'ait froid, je l'ai recouverte de mon dessus-de-lit, geste qui, une fois de plus, m'a donné le sentiment étrange qu'elle était une enfant et moi une adulte.

J'espérais sombrer dans un profond sommeil dès que j'aurais éteint la lumière. Je l'espérais mais à l'instant même où la chambre a été plongée dans le noir, toute envie de dormir m'a quittée, remplacée par la sensation angoissante d'être épiée, exactement comme sur le parking de la banque. Il était tard, je n'entendais aucun bruit, et pourtant je pressentais que quelqu'un veillait dans l'obscurité et cherchait, mentalement, à m'atteindre.

Je me suis glissée hors du lit pour m'approcher de la porte à tâtons. Lorsque j'ai posé la main, j'ai su instinctivement que quelqu'un, de l'autre côté, faisait le même geste. À quelques centimètres de moi, isolé par un simple panneau de bois, quelqu'un se tenait sur le seuil et s'interrogeait sur la décision à prendre. Les rideaux qui masquaient notre fenêtre étaient trop épais pour laisser filtrer la lumière si elle avait été allumée. Néanmoins, il s'était écoulé assez de temps depuis notre arrivée pour qu'on puisse supposer raisonnablement que nous dormions déjà.

J'ai soudain pris conscience des bruits provenant de notre chambre. Lorelei ronflait, couvrant le ronronnement de la climatisation, et mes oreilles résonnaient des battements de mon sang dans mes veines, si fort que cela devait s'entendre à des kilomètres à la ronde. Puis j'ai perçu un grincement effrayant, celui d'un objet métallique enfoncé avec précaution dans le trou de la serrure. Instantanément, j'ai revu Lorelei à la réception refusant la deuxième clef qui lui était proposée. L'employé savait que nous étions deux. Si quelqu'un s'était présenté plus tard en se faisant passer pour le compagnon de ma grand-mère, il lui aurait donné le double sans y réfléchir à deux fois.

Tout cela m'a traversé l'esprit en une fraction de seconde ; dans le même temps, ma main a poussé la chaîne de sécurité qui a claqué comme un coup de feu et j'ai bondi à la fenêtre pour tirer brusquement le rideau. La veilleuse au-dessus de la porte éclairait une partie du trottoir qui longeait le motel, au-delà, c'était le noir complet. Apparemment, il n'y avait personne.

Derrière moi, Lorelei continuait à ronfler, imperturbable au milieu de ce remue-ménage. S'était-il réellement passé quelque chose ou était-ce le fruit de mon imagination ? Quelqu'un était-il tapi dans l'ombre ou bien ma frayeur n'avait-elle aucun fondement ? En m'efforçant de percer l'obscurité, j'arrivais presque à discerner un mouvement, comme si on changeait de position.

J'ai laissé retomber le rideau ; dans le noir absolu, le cadran lumineux du téléphone posé sur la table de nuit, entre les deux lits, luisait faiblement. J'ai traversé la pièce et j'ai appelé la réception. Au bout d'une douzaine de sonneries sans réponse, j'ai raccroché.

L'adrénaline qui s'était déchargée dans mon sang avait atteint un taux beaucoup trop élevé à présent pour que j'espère m'endormir. J'ai tout de même regagné mon lit où je suis restée allongée, les sens en alerte, l'oreille à l'affût du moindre frôlement contre la porte. Les heures ont passé, l'aube approchait, ma tête fourmillait de visions de vampires collés à la vitre et de griffes ensanglantées crochetant la serrure. Ce n'est que lorsque j'ai entendu des clients bouger dans les chambres voisines que j'ai réussi à me détendre assez pour somnoler.

Je me suis réveillée quelques heures plus tard, l'eau coulait dans la salle de bains. Le lit de Lorelei était vide. Je me suis extirpée du mien et j'ai enfilé mes vêtements avant d'ouvrir la porte de la chambre. À la lumière dorée du matin, j'ai compris qu'il était tard. Seule la Camaro noire qui avait fait réagir Porky si violemment était encore là ; toutes les autres voitures étaient parties et deux filles en short poussant un chariot déposaient des draps et des serviettes propres dans les chambres vides.

J'ai refermé la porte derrière moi et fait le tour du bâtiment jusqu'à la réception. Une jeune femme grassouillette aux cheveux frisottés, qui remplaçait l'employé de la veille, m'a accueillie en gazouillant :

– Bonjour ! Que puis-je faire pour vous ?

– J'occupe la chambre 129 avec ma grand-mère. Nous sommes sur le point de partir et nous ne trouvons qu'une seule clef. Ni elle ni moi n'arrivons à nous souvenir combien on nous en a donné. Est-ce que nous devons en chercher une deuxième ?

– Je ne sais pas. J'arrive juste. Je vais voir s'il manque un double.

Elle s'est retournée pour inspecter le tableau accroché au mur.

– Non, à première vue toutes les clefs sont là.

– Parfait. Nous ne serons donc pas obligées de fouiller la chambre.

Le soulagement perceptible dans ma voix était loin d'être feint.

En sortant du bureau, je suis allée délivrer Porky qui s'est rué vers ses buissons favoris.

Puis je l'ai ramené dans la chambre où Lorelei, lavée et habillée, se mettait du rouge à lèvres.

– Je me doutais bien que tu étais partie le chercher. J'espère qu'il n'a pas saccagé la voiture.

Elle a achevé de se maquiller sans mon aide, mais m'a quand même autorisée à boutonner sa robe. Ensuite, j'ai porté les bagages dans la Porsche, et nous sommes allées prendre le petit-déjeuner à la cafétéria après avoir rendu la clef. Le café était chaud et fort, et les petits pains parfumés à la cannelle. Soudain, tout semblait aller mieux. J'ai failli raconter à Lorelei mon coup de panique de la nuit mais, à la lumière du jour, cette aventure devenait ridicule. À quoi bon effrayer ma grand-mère avec une histoire que j'avais vraisemblablement imaginée ? Si la clef n'avait pas été accrochée au tableau, cela aurait été différent. En remontant dans la voiture, nous nous sommes rendu compte que, par inadvertance, nous avions dû ranger la carte routière dans une valise ; nous en avons acheté une autre à la première station-service. Un second arrêt pour les croquettes de Porky a encore retardé légèrement notre départ. Il était donc un peu plus de neuf heures lorsque nous avons pris la route. Vers midi, nous avons fait une halte de vingt minutes pour déjeuner.

L'après-midi était déjà bien avancé lorsqu'en regardant dans le rétroviseur, je me suis aperçue que la voiture qui nous suivait était une Camaro noire.

# 16

Il y a des milliers de Camaro dans le monde, dont, assurément, un grand nombre de noires. Si la voiture roulant derrière nous était de la même marque et de la même couleur que celle du parking du motel, cela pouvait n'être, après tout, qu'une simple coïncidence.

J'essayais de m'en persuader tout en orientant le rétroviseur de façon à apercevoir la personne qui se trouvait au volant. Mais elle était trop loin. J'ai regardé Lorelei du coin de l'œil. Bercée par la monotonie du paysage, elle avait piqué du nez peu après le déjeuner et dormait à présent paisiblement, calée sur l'appuie-tête. Je ne voulais pas la déranger pour un détail aussi insignifiant que la présence d'une voiture noire dans un monde qui en était plein. Il fallait d'abord que je laisse la Camaro se rapprocher pour voir la tête du conducteur.

J'ai levé le pied de la pédale d'accélérateur pour ralentir à 60 km/h dans l'espoir qu'elle me dépasserait. Mais elle a ralenti à son tour, et maintenu la même distance entre nous. J'ai alors accéléré, la Camaro m'a suivie. Il était assez naturel, sur autoroute, de suivre la voiture qui précède en s'adaptant à sa vitesse de croisière. J'avais fait la même chose avec le break derrière lequel je roulais depuis quatre-vingts kilomètres.

Curieuse de voir ce qui allait se passer si je modifiais à nouveau ma conduite, j'ai changé de file et appuyé presque à fond sur l'accélérateur. Le moteur a rugi et la Porsche a dépassé le break comme une flèche. Ses occupants, un homme, une femme et trois enfants, nous ont dévisagées, réprobateurs, tandis que nous les laissions cloués sur place.

Réveillée en sursaut par la brusque accélération, Lorelei s'est redressée pour me considérer d'un air abasourdi :

– Pour l'amour du ciel, April, qu'est-ce qui te prend ?

– Je suis désolée, je ne voulais pas te réveiller. Je crois qu'on nous suit.

J'ai jeté un coup d'œil dans le rétroviseur pour voir si la Camaro avait doublé le break. Non, elle ne me suivait pas, mais une autre voiture était à ma poursuite, toutes sirènes hurlantes : la police.

Avec un soupir de résignation, j'ai ralenti et je me suis garée sur le bas-côté. La voiture de police s'est arrêtée à quelques mètres derrière nous et un agent en est sorti.

– Votre permis de conduire, s'il vous plaît. Pour un excès de vitesse, c'est un bel excès de vitesse. Je vous ai chronométrée à 145 km/h. Vous avez les papiers de la voiture ? C'est un sacré bolide pour une gamine de votre âge.

Lorelei est intervenue avec beaucoup de dignité :

– Il se trouve que cette voiture m'appartient, jeune homme. Ma petite-fille, que voici, me conduit car je suis blessée.

– Navré, madame. Mais nous devons quand même vérifier les papiers. Les véhicules de ce genre ont la détestable habitude de fausser compagnie à leurs propriétaires. Si cela vous arrivait, je suis sûr que vous trouveriez ce contrôle tout à fait utile.

Lorelei a sorti les papiers de la boîte à gants. Quant à moi, j'ai tendu mon permis au nom de Valérie Weber. Puis nous avons attendu que le policier procède à la vérification au moyen de sa radio.

Il est revenu avec nos papiers et un P.-V. pour excès de vitesse.

Quelques minutes plus tard, nous étions reparties.

Soudain, Lorelei m'a dit :

– Tu as raison. La voiture que tu soupçonnes aurait dû nous doubler pendant que nous étions sur le bas-côté, or elle ne l'a pas fait.

– Il y avait une sortie...

– Peut-être, mais elle a aussi pu s'arrêter et attendre, de peur de nous perdre si elle passait devant nous. Si c'est le cas, elle ne va pas tarder à nous rattraper.

Nous avons surveillé la route en silence. Il n'a pas fallu longtemps à la Camaro pour surgir sur la voie de gauche, à une vitesse bien supérieure à la limite imposée. Avant d'arriver à notre hauteur, elle a ralenti, s'est rabattue derrière nous et a maintenu la distance qui nous séparait comme si elle était reliée à notre pare-chocs par un câble invisible.

– Il devrait y avoir une autre sortie bientôt,

a dit Lorelei. C'est notre meilleure chance de semer notre poursuivant. Mets-toi sur la file de gauche et accélère. On va l'avoir par surprise.

J'ai acquiescé d'un signe de tête et suivi ses conseils. Lorsque j'ai changé de file, la Camaro a fait de même. J'ai appuyé sur l'accélérateur, imitée par la Camaro. Elle était maintenant assez proche pour que je puisse voir l'homme aux lunettes de soleil qui la conduisait. Quand la sortie pour Weston Road est apparue devant nous, j'ai juste vérifié, en continuant à accélérer, que toutes les voies étaient dégagées. Puis, sans actionner mon clignotant, j'ai donné un coup de volant à droite. La Porsche a coupé les trois voies et s'est élancée dangereusement sur la bretelle de sortie. Garder le contrôle de la voiture était une tâche trop ardue pour que je me risque à regarder dans le rétroviseur.

J'ai quand même réussi à articuler péniblement :

– Alors ? Il est toujours derrière nous ?

– Je crois qu'il a manqué la sortie.

Lorelei avait, elle aussi, du mal à parler.

J'ai ralenti. Ce n'est qu'en m'arrêtant à un feu d'intersection que j'ai remarqué mes doigts. J'avais serré le volant si fort qu'ils étaient devenus blancs. Je les ai remués quelques secondes pour rétablir la circulation puis, encore un peu étourdie, mais maîtresse de la situation, j'ai tourné à gauche dans Weston Road pour pénétrer à la vitesse réglementaire de 50 km/h dans Tutterville, en Caroline du Sud.

Tutterville, avec ses rues bordées d'arbres et

ses maisons coquettes aux couleurs pastel, ressemblait au décor d'une série télé américaine. Les hommes lavaient leurs voitures pendant que leurs épouses, en short et bustier, taillaient les rosiers. Les enfants s'ébattaient sous les tourniquets d'arrosage, et les vieux se balançaient sur des rocking-chairs sous leur véranda ou bavardaient avec leurs voisins sur les trottoirs parsemés de flaques de soleil. Un vrai samedi paisible dans une ville de carte postale où le mot même de danger devenait totalement incongru.

– Peut-être qu'il ne nous suivait pas, après tout, ai-je avancé d'une voix mal assurée. On a trop d'imagination.

– Il nous suivait bel et bien. C'est indiscutable. Il doit être sur nos traces depuis que nous avons quitté l'appartement.

– Mais comment pouvait-il savoir que nous allions partir ? Je ne suis pas restée plus de deux heures à Norwood.

– Mon téléphone est certainement sur écoute. Il t'aura entendue dire que tu arrivais et que tu verrais ensuite ce que tu ferais.

Son attitude réaliste devant ce qui s'était passé m'a convaincue que ma grand-mère était plus forte que je ne l'avais pensé ; j'ai décidé de lui faire part de mon angoisse de la nuit dernière.

– Hier soir, il m'a semblé que quelqu'un essayait d'entrer dans notre chambre. J'ai regardé par la fenêtre, mais je n'ai vu personne. Ce matin, je suis allée vérifier à la réception : il ne manquait aucune clef. J'ai essayé de me persuader que j'avais tout imaginé.

– Va savoir. L'important c'est de s'être débarrassé de la Camaro. Son conducteur doit avoir une piètre opinion de nos dons d'observation pour avoir pris le risque de nous suivre d'aussi près. J'imagine qu'il s'attend à ce que nous poursuivions notre route vers le sud avant de reprendre l'autoroute dès que possible. À mon avis, nous devrions changer de direction et remonter vers le nord.

Soulagée de ne pas avoir de décision à prendre, j'ai obéi à ses directives et roulé vers le nord jusqu'à une ville nommée Saint-George. Là nous avons repris l'autoroute que nous avions quittée si brusquement, pour repartir vers le sud. Quatre heures plus tard, nous étions en Floride et nous nous arrêtions dans un motel, à Saint-Augustine.

Nous avions projeté d'y passer la nuit. Mais notre plan ne s'est pas déroulé comme prévu. J'ai d'abord dormi une petite heure avant d'aller dîner, avec Lorelei, dans un restaurant de fruits de mer. Ensuite, nous avons regagné notre chambre dans laquelle j'ai porté les bagages.

C'est alors que nous nous sommes rendu compte qu'il nous manquait quelque chose. C'est Lorelei qui s'en est aperçue la première.

– Je ne trouve pas la carte. Tu l'as dans ton sac ?

– Non. Je croyais qu'elle était dans ta valise.

Silence.

– Cherche encore, a déclaré ma grand-mère. Elle a dû se glisser entre deux vêtements.

– Je suis certaine de ne pas l'avoir. Mais

quelle importance ? Il y en a une autre dans la voiture.

– Là n'est pas la question. Le problème, c'est que j'ai tracé notre route sur la carte qui nous manque. Si nous l'avons oubliée dans la chambre à Petersburg...

– Tu veux dire... tu crois...

J'ai compris où elle voulait en venir et une main aux griffes acérées m'a étreint la poitrine.

– Tu crois que cet homme s'en est emparé ?

– Les femmes de chambre faisaient le ménage lorsque nous sommes parties, toutes les portes étaient ouvertes. N'importe qui pouvait entrer. Nous avons dû rester une bonne demi-heure à la cafétéria. Il a eu le temps de fouiller notre chambre à la recherche d'un indice intéressant.

– Mais il n'avait pas besoin de nous suivre s'il avait une carte où notre itinéraire était tracé ! Pourquoi ne serait-il pas allé directement à Grove City ?

– Il lui reste à localiser tes parents. Il ne connaît ni leur adresse ni leur nouveau nom. Ce sont des recherches qui demandent du temps. Et puisque nous y allons, il est aussi simple de nous laisser l'y conduire.

– Dans un bled pareil, les nouveaux se remarquent tout de suite.

Dans ma tête, j'ai vu mes parents et Jason assis dans le séjour en train de jouer au *Monopoly*, tandis que la silhouette du vampire se balançait sur le seuil de la porte. Ou pire, la créature s'approchait d'eux pendant leur sommeil. Je m'imaginais la porte d'entrée s'ouvrant doucement, le bruit des ventilateurs couvrant celui de ses pas. Comme toujours, les chambres étaient ouvertes pour permettre à l'air de circuler dans la maison. Mike Vamp pénétrait directement dans celle de mes parents sans même effleurer la poignée de la porte.

Alors, j'ai saisi le téléphone et composé frénétiquement le numéro de Grove City. Pas de réponse.

– Ils sont sortis. C'est bizarre, ils ne bougent jamais.

– Ils sont peut-être chez des amis.

– Ils n'ont pas d'amis. Ils restent entre eux.

Assises sur nos lits, face à face, nous avons vu la panique se refléter dans nos yeux.

– Il est trop tôt pour qu'il soit déjà arrivé quelque chose, a dit Lorelei d'un ton qu'elle voulait rassurant. Même s'il a conduit sans s'arrêter depuis que nous l'avons semé, il n'a pas eu le temps d'atteindre Grove City.

– Il faudrait appeler Tom Geist, mais son numéro est sur la liste rouge. Il est collé sous le téléphone, à la maison, et je n'ai jamais songé à le noter. Je crois qu'il vaut mieux repartir.

– Tu es complètement épuisée, tu conduis depuis ce matin. Je vais prendre le volant pendant que tu te reposes.

– Et ton plâtre ? Tu as dit toi-même que tu ne pouvais pas conduire d'une seule main.

– Je m'arrangerai. Ce sera sûrement moins dangereux que tes acrobaties sur l'autoroute. De toute façon, nous n'avons pas le choix.

C'est ainsi que nous sommes reparties, Lorelei

au volant pendant les deux premières heures et moi pendant les deux suivantes.

Tandis que la route se déroulait devant nous comme un long ruban noir, je tentais de me réconforter en me disant que le conducteur de la Camaro ne trouverait pas notre maison dès son arrivée en ville. Même s'il parvenait à dénicher notre adresse, l'absence de plaques indiquant le nom des rues et le numéro des maisons constituait un obstacle quasi insurmontable de nuit. Même avec un plan, nous avions eu du mal à la trouver.

À huit kilomètres environ de Grove City, il a commencé à pleuvoir. Quelques gouttes éparses sur le pare-brise, puis un véritable déluge aux abords de la ville, comme si le ciel s'était ouvert au-dessus de nos têtes : il était impossible de voir à deux mètres. Étant donné l'heure tardive, il n'y avait presque pas de circulation ; j'ai remonté la rivière qu'était devenue Orange Avenue, guidée par la lueur floue des lampadaires masqués par un rideau de pluie. J'ai raté Lemon Lane et dû faire demi-tour. Quand, finalement, j'ai engagée la Porsche sur le chemin, Lorelei scrutait désespérément l'obscurité.

– Il y a vraiment des maisons par là ?

– Quelques-unes. Derrière les arbres.

– Cette pluie est une bénédiction. Je ne vois pas comment quelqu'un pourrait s'y retrouver sans savoir exactement où il va.

Même moi, j'ai eu du mal à repérer la maison. C'est avec soulagement que j'ai reconnu la boîte aux lettres. En franchissant le passage étroit qui menait à notre allée, j'ai remarqué, sur le côté, une étrange forme sombre. Il m'a fallu quelques secondes pour l'identifier ; j'ai voulu hurler, mais mon cri est resté bloqué dans ma gorge. Braquant à fond le volant, j'ai effectué un demi-tour avec la voiture, quitté la chaussée et traversé un bosquet de palmiers nains avant de piler face à la route.

Là, dans la lumière des phares, j'ai découvert la Plymouth de mes parents, le capot plongé dans les eaux tumultueuses du fossé.

# 17

Sans couper le contact, j'ai bondi hors de la Porsche sous la pluie battante et essayé de distinguer l'intérieur de la Plymouth remplie d'eau. Je m'imaginais parfaitement ce qui s'était passé : le conducteur, ou la conductrice, avait mal apprécié l'étroit passage enjambant le caniveau, la roue avant gauche avait dérapé et entraîné la voiture dans le fossé.

– À qui est cette voiture ?

Je m'aperçus soudain de la présence de Lorelei à mes côtés. Au ton de sa voix, elle devinait déjà la réponse.

– C'est la nôtre, mais il n'y a personne à l'intérieur.

– Dieu soit loué ! Mais il y avait bien quelqu'un au volant ! Ton père ou ta mère, peut-être Bram.

Je me suis relevée et j'ai couru vers la maison, Porky sur mes talons. La porte était ouverte, comme si la dernière personne à l'avoir franchie était trop pressée pour la refermer derrière elle.

J'ai actionné l'interrupteur. Clic ! Le séjour, aux murs couleur crème repeints depuis peu par maman, avec son mobilier miteux et les rideaux fanés, m'est apparu tel que je l'avais quitté. Le journal du dimanche traînait sur le canapé, un Coca et un verre de jus d'orange à moitié vides étaient abandonnés sur la table basse.

Porky s'est ébroué pendant que je fonçais vers les chambres en allumant toutes les lumières. Personne ! Le lit de mes parents n'était même pas défait. Celui de Jason était sens dessus dessous, mais cela ne voulait rien dire, il ne le retapait jamais et maman ne mettait de l'ordre dans ses affaires qu'une fois par semaine, le jour où elle portait le linge sale à la laverie automatique. Dans la cuisine, la machine à écrire trônait sur la table, entourée de feuilles éparpillées comme des feuilles sèches en automne. Instinctivement, j'ai regardé la porte du réfrigérateur ; c'était là que chacun laissait les messages destinés aux autres membres de la famille. Il n'y en avait pas. Sur le comptoir, en revanche, à côté du téléphone, un bout de papier révélait ce que j'avais besoin de savoir : de son écriture familière, ma mère y avait noté un numéro, celui de Kim Stanfield.

J'ai immédiatement reconstitué l'enchaînement des événements. Maman avait appris que je n'étais pas chez Kim. La seule personne qui avait pu vendre la mèche était Larry. Je me souvenais que Jason m'avait dit qu'il avait essayé de me joindre jeudi. Peut-être avait-il fait une seconde tentative le samedi ? Maman lui aurait alors répondu que je passais le week-end chez Kim et, naturellement, il aurait déclaré que c'était impossible puisque Kim était partie à Miami avec sa famille.

Le scénario se déroulait ensuite aussi clairement que si j'avais été présente : maman téléphonait chez Kim et, n'obtenant pas de réponse, décidait de s'y rendre sur-le-champ en voiture. Était-elle seule ? Papa et Jason se trouvaient-ils avec elle ? Quelqu'un avait-il été blessé quand la voiture avait versé dans le fossé ?

En proie à la panique et à un horrible sentiment de culpabilité, j'ai saisi le téléphone et composé le seul numéro qui me venait à l'esprit. À l'autre bout de la ligne, la sonnerie a retenti interminablement. Enfin on a décroché et une voix d'homme ensommeillée a marmonné :

– Allô?

– Pourrais-je parler à Larry, s'il vous plaît ? ai-je débité à toute vitesse.

– À Larry ? Qui êtes-vous donc ? Vous ne savez pas qu'il est une heure du matin ?

– Je suis Val Weber, une de ses amies. Je suis désolée de vous déranger à une heure pareille, mais c'est terriblement important.

– Weber ? Ah oui, j'ai déjà entendu ce nom-là. Vous devez faire partie de la famille que le type de tout à l'heure essayait de retrouver.

– Quelqu'un a essayé de nous joindre chez vous ? ai-je demandé d'une voix chancelante.

– Un type a appelé Larry parce qu'il cherchait des gens du nom de « Corrigan ». Il a téléphoné à minuit et a réveillé toute la famille. J'ai entendu Larry lui demander si ces « Corrigan » ne se feraient pas par hasard appeler « Weber », et s'ils n'auraient pas une fille championne de tennis et un fils aux yeux vairons. Je ne sais pas à quoi vous jouez, vous autres, mais moi je travaille à sept heures du matin et j'en ai marre qu'on me réveille au beau milieu de la nuit !

– Je vous en supplie, monsieur Bushnell, laissez-moi parler à Larry. Il faut absolument que je sache ce qu'il a dit à cet homme. Est-ce qu'il lui a indiqué la direction de la maison ?

– Vous lui demanderez demain matin. Je ne le réveillerai pas une fois de plus.

Il a raccroché brutalement. Derrière moi, les griffes de Porky claquaient en cadence sur le linoléum usé tandis qu'il explorait la pièce en trottant d'un coin à un autre.

Du séjour, Lorelei m'a appelée :

– April ? Où es-tu ?

– Au téléphone, dans la cuisine.

Il fallait que je me décide à agir. J'ai d'abord pensé à demander la protection de la police, mais comment les convaincre de l'étendue du danger que nous courions ? Étant donné que je n'étais pas autorisée à leur parler du Programme de Sécurité, ils croiraient que je me faisais une montagne d'un rien. La seule personne capable de comprendre la situation était Tom ; mon père l'avait sans aucun doute déjà appelé.

J'avais soulevé le téléphone et je me préparais à le retourner pour lire le numéro collé en dessous quand brusquement Porky s'est mis à aboyer : des jappements aigus, saccadés qui signifiaient en général qu'il avait repéré quelque chose de louche. Il avait les yeux rivés à l'autre bout de la pièce, à hauteur de mon épaule. Je me suis retournée et une frayeur épouvantable m'a clouée sur place : derrière le carreau dégoulinant de pluie, il y avait un vampire.

Pétrifiée d'horreur, incapable de bouger comme de crier, je ne pouvais que regarder l'incarnation des pires cauchemars de mon enfance me fixer de ses yeux noirs. Ses lèvres étaient serrées mais les coins de sa bouche se relevaient dans un sourire aussi monstrueux que s'il avait découvert des crocs. Il aurait pu sortir tout droit d'un film mais je savais qu'il était plus dangereux que n'importe quelle créature de fiction.

C'était lui le tueur à gages.

J'ai entendu la voix de Lorelei derrière moi :

– Tais-toi, Porky ! Tu réveillerais un mort avec ces aboiements infernaux. Qui appelles-tu, April ? La police ou l'hôpital ?

Sa voix m'a sortie de ma torpeur. J'ai lâché le téléphone qui s'est écrasé par terre et j'ai traversé la cuisine d'un bond pour verrouiller la porte qui donnait sur l'arrière du jardin.

– La porte d'entrée ! Est-ce que tu l'as fermée à clef derrière toi ?

– Non, a répondu Lorelei. J'étais tellement pressée de voir si ta mère était là que je n'y ai pas pensé. Que se passe-t-il ? Pourquoi Porky aboie-t-il ?

– Là, à la fenêtre ! Tu ne le vois pas ?

J'ai fait un geste dans cette direction, mais le visage avait disparu. Il n'y avait plus rien, que les ténèbres balayées par le mouvement inquiétant des branches agitées par le vent.

– Je vais la fermer. Appelle la police. Dis-leur qu'un rôdeur essaie de pénétrer dans la maison.

Je l'ai devancée. Nous avions déjà perdu trop de temps. La porte d'entrée était restée grande ouverte et, comme je le redoutais, il y avait maintenant un visiteur dans la maison. Éclairé à contre-jour, l'homme au visage de vampire se tenait sur le seuil. Il était grand et mince ; son tee-shirt détrempé accentuait la puissance des longs muscles de ses bras et de ses épaules, réduisant l'arme qu'il tenait à un pauvre accessoire superflu.

Il ne portait plus de perruque blonde sur ses épais cheveux bruns, mais je l'ai immédiatement reconnu à ses yeux noirs et pénétrants.

– Qu'est-ce que vous faites ici ?

– Je suis venu voir votre père.

Mike Vamp avait une voix grave, distinguée, apparemment apaisante puisque Porky a subitement arrêté d'aboyer pour agiter la queue en signe de bienvenue.

– Vous devez être April, à moins que vous ne préfériez qu'on vous appelle Valérie ? Les gens semblent ne pas très bien savoir quel prénom vous donner.

– C'est lui ! dit Lorelei. C'est l'homme qui m'a attaquée !

– Comment allez-vous madame Gilbert ? Quelle agréable surprise de vous revoir. J'espère que votre bras est en voie de guérison.

Au prix d'un effort magnifique, Lorelei est parvenue à dissimuler son émotion.

– Si vous aviez un tant soit peu de bon sens, vous sortiriez d'ici. Ma petite-fille vient d'appeler la police qui sera là d'une minute à l'autre.

– Cela m'étonnerait. Elle n'en a pas eu le temps. Je l'ai vue lâcher le téléphone avant même de commencer à composer le numéro.

Il s'est avancé dans le séjour et a refermé la porte étouffant ainsi le martèlement incessant de la pluie.

– Si c'est papa que vous voulez voir, il n'est pas ici. Nous ne pouvons pas vous dire où il est, nous n'en savons rien. Nous venons juste d'arriver.

– Je sais. Ma voiture est garée près de la maison, je vous ai vues arriver. J'ai d'abord cru que c'étaient vos parents, puis j'ai reconnu la Porsche à ses phares. Je dois admettre que j'ai été surpris. Je ne vous attendais pas si tôt, mesdames.

– Comment avez-vous trouvé la maison ? a demandé Lorelei. Nous avons eu nous-mêmes du mal à arriver jusqu'ici dans le noir et la tempête.

– J'avais toutes les indications nécessaires. Au téléphone, hier, votre petite-fille a mentionné un ami du nom de Larry Bushnell, or il n'y a qu'un Bushnell dans l'annuaire de Grove City. Larry avait l'air d'avoir une dent contre vous, April. Lorsque je lui ai raconté que j'étais un agent du F.B.I. à la poursuite d'un escroc, il n'a pas résisté au plaisir d'accomplir son devoir de citoyen.

– Comment nous avez-vous retrouvés à Richmond ?

Ma question avait jailli d'elle-même et je me suis armée de tout mon courage pour affronter la réponse que je ne voulais pas entendre.

– Grâce à la lettre que vous avez envoyée à votre petit ami, bien sûr. Le tampon de la poste m'a renseigné sur la ville, et comme vous évoquiez le quatorzième étage, cela a limité le nombre des hôtels à inspecter avant de découvrir celui qui abritait une famille prenant ses repas dans sa chambre.

– Que comptez-vous faire de nous ? Vous n'avez aucune raison de faire du mal à ma petite-fille.

– Elle a rempli son rôle. Elle m'a conduit jusqu'ici. Je la prendrai simplement en otage. Les pères de famille dans le genre de Corrigan se transforment en doux agneaux dès qu'on menace de toucher un cheveu de leur progéniture adorée. J'ai tout mon temps.

– Il ne reviendra peut-être pas ici !

– À mon avis, si.

Et il a ajouté avec son horrible sourire :

– C'est son nid, il finira bien par revenir.

– Mais c'est complètement fou ! Papa ne sait rien ! Il n'a témoigné que contre Loftin !

– Les gens pour lesquels je travaille n'ont pas l'habitude de prendre des risques. Trop d'intérêts en dépendent et l'enjeu est de taille. Je vais être contraint de vous enfermer quelque part, mesdames. April, vous qui connaissez la maison, pourquoi ne nous la faites-vous pas visiter, à votre grand-mère et à moi-même ?

Nous avons donc traversé l'entrée ensemble, précédés par cet imbécile de Porky qui se pavanait en remuant la queue.

J'entendais encore la voix de Jim, aussi clairement que s'il avait été à côté de moi. *C'était une bêtise, tu es bien comme les gosses de ta génération, April. Tu refuses de croire que les histoires vraies ne se terminent pas toujours bien. C'était une bêtise, d'accord, mais même les gens les plus intelligents peuvent commettre des bêtises. Tu as une cervelle, essaie de t'en servir.*

Oh, Jim ! ai-je murmuré en moi-même, pardonne-moi, Jim ! C'est ma faute, c'est moi qui ai attiré le vampire. J'ai été stupide, égoïste, j'ai provoqué ta mort et ça ne m'a pas suffi ! Il a fallu que je recommence...

– Je me fiche complètement de l'endroit où vous nous enfermerez, ai-je déclaré d'un ton morne. Salle de bains, cuisine ou chambre, ça m'est égal, mais pas dans un placard. Je ne supporte pas de rester dans un endroit sans fenêtre.

– Je crains de ne pas avoir le choix.

Je n'avais pas besoin de le regarder pour savoir qu'il souriait.

– Il va falloir que je barricade la porte, or seuls les placards possèdent des portes s'ouvrant vers l'extérieur.

Il nous a poussées dans la penderie de la chambre de mes parents, nous étions coincées au milieu des porte-manteaux et des vêtements qui nous étouffaient presque.

Lorsque nous avons entendu qu'il tirait la commode devant la porte, Lorelei a chuchoté d'un ton amer :

– Tu n'aurais jamais dû lui avouer que tu es claustrophobe. Cet homme se délecte de la souffrance qu'il inflige aux autres.

– Je sais. Mais ne t'inquiète pas. Je lui réserve une surprise.

# 18

Il m'a fallu un moment pour trouver le cordon qui déclenchait la lampe de la penderie. Je commençais à paniquer à l'idée qu'il avait pu être arraché ou détaché quand soudain il a effleuré ma main telle une toile d'araignée. Je l'ai saisi et j'ai tiré dessus.

L'ampoule s'est allumée ; le visage de ma grand-mère a surgi à quelques centimètres du mien, tendu par la peur et l'épuisement.

Pourtant, c'est avec beaucoup de calme qu'elle m'a demandé :

– Alors, et cette surprise ?

– Tous les placards de la maison sont équipés de trappes, ai-je répondu en lui montrant du doigt le plafond sur lequel se découpait nettement un rectangle de contreplaqué.

– Je vois. Un accès au grenier. Et à quoi cela nous avancera-t-il de grimper là-haut ? Nous allons juste échanger une prison contre une autre.

– Il y a une trappe comme celle-ci dans la chambre de Bram. Avec ses copains, il utilise le grenier comme repaire. Si j'arrive à le traverser et à descendre dans sa chambre, je pourrai m'échapper de la maison et aller chercher de l'aide.

– Et comment vas-tu monter ? Il n'y a rien dans cette penderie qui puisse te servir d'échelle et je serais bien incapable de te soulever avec ce bras dans le plâtre.

– Le problème n'est pas de grimper dans le grenier, c'est d'en descendre.

J'ai jeté un rapide coup d'œil dans la penderie. La tringle semblait être assez solidement fixée au mur pour supporter mon poids. Retirant un pantalon de papa d'un cintre, je l'ai jeté en travers de la tringle, puis j'ai noué les jambes de façon à former une boucle sur laquelle j'ai pris appui avec un pied. Ensuite, j'ai agrippé l'étagère du haut pour me hisser sur mon étrier improvisé et pousser la trappe avec les épaules. Elle s'est soulevée facilement. Deux minutes plus tard, j'étais dans le grenier.

Mêlées aux odeurs de bananes et de beurre de cacahuète, la chaleur et l'humidité ont déferlé sur moi comme une vague. La trappe laissait filtrer suffisamment de lumière pour que j'y vois à quelques pas, mais au-delà, c'était le noir le plus complet.

Lorelei m'a appelée à voix basse :

– Tout va bien ?

– Il y a moins d'espace que je ne le pensais. On ne tient pas debout, on peut tout juste avancer à quatre pattes. Drôle d'idée de venir jouer ici. On dirait un décor pour *Donjons et Dragons*.

Je connaissais en gros la direction de la chambre de Bram, mais sans repère, il était difficile d'évaluer la distance. Pour compliquer les choses, le sol n'était qu'un assemblage de panneaux de contreplaqué posés entre des poutres étroites, et à chaque instant j'avais l'impression que j'allais passer au travers. C'était un miracle que mon frère et ses copains ne nous aient jamais atterri sur la tête.

J'ai pris ma respiration et commencé à avancer centimètre par centimètre sur les mains et les genoux en priant que le sol ne se dérobe pas sous moi. J'essayais de visualiser l'emplacement des pièces : la chambre de mes parents, l'entrée, la salle de bains, la chambre de Bram. Où était Vamp ? Probablement dans le séjour d'où il pouvait surveiller l'allée par la fenêtre.

Au milieu du grenier, le toit s'élevait assez pour me permettre de me redresser un peu. Mais il était plus difficile de garder l'équilibre sur les poutres en avançant pliée en deux. Je me suis donc remise à quatre pattes pour continuer ma progression jusqu'à ce que je sente ma tête toucher le toit qui, à cet endroit, formait le même angle qu'au-dessus de la chambre de mes parents. Étant donné que la chambre de Bram était la réplique exacte de la leur, le placard devait logiquement se trouver juste sous moi.

J'ai continué à ramper en cherchant la trappe sans la trouver. J'ai eu beau tâter le moindre centimètre carré, je n'ai rencontré ni fente ni poignée, rien qu'un bout de sandwich au beurre de cacahuète qui s'est collé sur ma paume, une peau de banane et un papier de bonbon gluant.

Les restes des goûters de Bram m'ont redonné de l'espoir. Je ne devais plus être très loin. J'ai poursuivi mes recherches, mais je ne récoltais que des échardes en récompense de mes efforts. Soudain mes doigts ont heurté quelque chose de métallique. J'ai posé la main sur un objet cylindrique et mon cœur a fait un bond quand mon pouce a rencontré un bouton. Mon frère m'avait laissé le plus beau des cadeaux, une lampe de poche.

Je l'ai allumée : le monde s'est remis en place. La trappe était à quelques centimètres de moi, en biais. Un clou à moitié enfoncé faisait office de poignée ; lorsque je l'ai tiré la trappe s'est soulevée sans mal. Une faible lueur filtrait par la porte du placard entrebâillée.

J'ai laissé pendre mes jambes et pris appui sur la tringle avant de glisser à terre.

Grâce à mes chaussures de tennis, j'ai atterri en douceur, avec la souplesse et le silence d'un chat sautant d'un arbre sur un tapis d'herbe. Je pensais me sauver par la fenêtre, mais elle était si petite qu'il valait mieux y renoncer.

Je n'avais pas le choix, il fallait que je sorte par une porte. Si, comme je le supposais, Mike Vamp s'était posté à la fenêtre du séjour, je pouvais essayer de fuir par la cuisine. J'ai éteint la lampe, tout en la gardant serrée dans ma main, puis je me suis avancée jusqu'au seuil de la chambre et j'ai tendu l'oreille. Aucun bruit. J'ai risqué un pied dans le couloir. J'ai attendu à nouveau, à l'affût du moindre son en provenance du séjour, de plus en plus tendue et oppressée par le silence. Doucement, je me suis faufilée dans l'entrée, tremblant à l'idée de m'exposer autant. Une lame de parquet a craqué, j'ai sursauté. Heureusement Vamp ne semblait pas avoir entendu. J'ai progressé lentement jusqu'à la cuisine. La lumière était allumée. Au pied du comptoir, le téléphone gisait là où je l'avais laissé tomber lorsque j'avais aperçu le vampire à la fenêtre. Il émettait son bip avec insistance. Le son me paraissait si fort que je m'étonnais qu'il n'ait pas attiré l'attention de Mike Vamp.

La porte de derrière n'était pas verrouillée. Cela m'a déconcertée l'espace d'une seconde, mais je n'avais pas le temps de réfléchir à ce que cela signifiait. L'idée de la liberté toute proche était si enivrante qu'elle émoussait mes facultés de raisonnement. Remplie d'un sentiment de sécurité trompeur inspiré par la chance que j'avais eue jusque-là, j'ai ouvert la porte et je suis sortie dans le jardin.

La pluie avait cessé. La tempête s'était calmée brusquement, laissant derrière elle un paysage détrempé, envahi par le chant des grenouilles s'ébattant dans les mares et les stridulations des criquets cachés dans les sous-bois. Là-haut, dans le ciel, un mince croissant de lune, avait fait une timide apparition au milieu des nuages.

J'avais descendu la moitié des marches lorsque Porky a aboyé, ce qui m'a figée sur place. Il n'avait pas réagi lorsque j'avais atterri dans le placard de Bram, alors pourquoi se manifestait-il à présent ? J'ai réalisé soudain qu'il ne se trouvait pas à l'intérieur de la maison, mais dans le jardin, sur ma gauche. Une seconde plus tard, il se jetait sur moi en jappant de joie à la perspective de pouvoir jouer.

J'ai aussitôt pris mes jambes à mon cou, mais

ce n'était pas pour jouer. Avant même d'avoir entendu Mike Vamp se lancer à ma poursuite, je dévalais le jardin à toute vitesse. Pas étonnant que j'aie pu traverser l'entrée sans me faire remarquer ! Vamp n'attendait pas mes parents dans le séjour ; il s'était installé en embuscade dans le jardin.

Au bout de l'allée, les phares de la Porsche semblaient me faire signe. Dans ma précipitation, j'avais négligé de les éteindre, et ils brillaient comme deux balises. J'ai redoublé de vitesse, terriblement consciente des pas qui martelaient le sol derrière moi. J'avais l'avantage de connaître le terrain, l'emplacement de chaque buisson, de chaque arbre, de chaque nid-de-poule. J'ai contourné les buissons qui bordaient l'allée, tandis que mon poursuivant les heurtait de plein fouet. Porky, ravi, aboyait toujours en galopant derrière moi. Puis j'ai entendu un bruit mat suivi d'une explosion d'injures ; Vamp avait trébuché sur le chien, m'offrant ainsi la chance de prendre de l'avance sur lui.

J'ai atteint la voiture dans laquelle je me suis engouffrée, et j'ai claqué la portière que j'ai réussi à verrouiller un dixième de seconde avant que la main de Vamp ne s'abatte sur la poignée. Je me suis penchée frénétiquement pour voir si la clef de contact était restée en place. À mon grand soulagement, elle y était toujours. Mais lorsque je l'ai tournée, un raclement s'est fait entendre. À ma seconde tentative, je n'ai rien obtenu du tout. Inutile d'être expert en automobiles pour comprendre que les phares avaient déchargé la batterie.

Le canon d'un pistolet a frappé la vitre.

– Ouvre cette porte et sors de la voiture, a hurlé Vamp qui avait abandonné tout semblant de bonne éducation. C'est ton père que je veux. Pas toi. Ni ta grand-mère. Quand j'aurai fait mon boulot, vous serez libres.

« Quand j'aurai fait mon boulot »... comme si l'issue était inéluctable. Scrutant le visage de la mort à travers la vitre, je me suis demandé si ces yeux étranges avaient jamais reflété la vie, la lumière, même à l'époque où ils n'étaient que ceux d'un nouveau-né. Jim avait raison quand il disait que les histoires vraies ne se terminaient pas forcément bien. Celle-ci n'avait rien à voir avec un téléfilm, elle était on ne peut plus réelle et j'en étais l'auteur. J'étais donc responsable de la façon dont elle se terminerait.

Je n'ai pas prémédité ce qui s'est passé ensuite. Sans quitter Vamp des yeux, j'ai glissé le bras droit entre les sièges et cherché ma raquette de tennis à tâtons. Puis j'ai éteint les phares. L'obscurité a englouti le jardin. Le croissant de lune était à nouveau caché par les nuages et les buissons masquaient la lumière de la maison.

Dans la main gauche, je tenais la lampe de poche, le pouce sur le bouton.

– Vous avez gagné, je sors.

J'ai ouvert la portière de la voiture.

Si j'avais eu le temps de réfléchir, je n'aurais jamais agi ainsi. Mes parents m'avaient élevée sans porter la main sur moi et ma seule expérience de la violence se limitait aux films que j'avais vus. Pour ne pas paniquer, je me suis imaginée sur un court de tennis, dans le petit matin, face à un Larry trop sûr de lui.« Pas mal pour une fille !» J'entendais sa voix méprisante, j'avais envie de l'écraser.

Au moment où je me suis glissée hors de la Porsche, j'ai braqué le faisceau de la lampe dans les yeux du tueur à gages. La lumière l'a aveuglé. Sans attendre sa réaction, j'ai serré le manche de ma raquette et, prenant tout l'élan dont j'étais capable, j'ai visé l'ovale pâle de son visage comme s'il s'agissait d'une balle de tennis et que je servais une balle de match. Mon mouvement m'a paru durer une éternité, pourtant, en une fraction de seconde, ma raquette a fendu l'air et l'a frappé de plein fouet.

Le coup a été si violent que la raquette m'a échappé des mains ; le tueur a titubé, chancelé un moment, tel un funambule de cirque en déséquilibre sur son fil sous le rayon cruel du projecteur. Puis ses jambes se sont dérobées sous lui et tandis que, frappée d'horreur, je le regardais sans esquisser le moindre geste, il a basculé dans le fossé.

Le bruit de son plongeon m'a à la fois glacé le sang et ramenée à la réalité. En une enjambée, j'ai rejoint l'endroit d'où il était tombé. Le fossé s'était transformé en un véritable torrent. Le rayon de ma lampe a balayé la surface de l'eau : aucune trace d'homme ni de vampire. Le tueur à gages s'était volatilisé, à croire qu'il n'avait jamais existé.

Peut-être n'avait-il jamais existé, après tout. Peut-être n'était-il qu'une créature de cauchemar. J'allais me réveiller dans ma jolie chambre de Norwood en souriant de la frayeur que m'avait inspirée ce rêve stupide. Mais j'avais beau essayer de m'en convaincre, j'étais bel et bien en train de scruter le fossé, prête à entreprendre la recherche la plus macabre de ma vie.

Je ne sais pas pendant combien de temps je suis restée là, de l'eau jusqu'aux genoux, à lutter contre le courant. Des heures, ou peut-être quelques minutes seulement. En tout cas, c'est là que mes parents m'ont trouvée en revenant de l'hôpital avec Bram et Tom Geist.

Mon père est descendu me chercher et m'a ramenée à la maison dans ses bras. Tom a découvert le corps de Mike Vamp coincé entre les roues avant de la Plymouth. Puis, tandis que le ciel à s'éclaircissait à l'est et que les oiseaux, dans les arbres, faisaient retentir les premières notes de leurs chants assourdissants, nous nous sommes installés dans le séjour pour écrire le dernier chapitre de l'histoire de la famille Weber.

– Tu admettras que c'est cocasse, tout de même, a dit Lorelei avec un petit sourire forcé. Nous nous retrouvons dans la même situation !

– Non, ce n'est pas comparable, a répondu maman. Tu n'es pas responsable de ta blessure. Quand Larry m'a dit que Valérie n'était pas chez Kim, j'étais si bouleversée que je me suis précipitée au volant alors que je savais pertinemment que je n'étais pas en état de conduire.

Assises côte à côte dans les fauteuils délabrés, ma mère et ma grand-mère avaient toutes les deux le bras droit plâtré. Vautrée sur le canapé, les pieds sur les genoux de mon père, je tremblais comme une feuille sous ma couverture malgré la chaleur qui régnait dans la pièce. Allongé par terre, Bram, avait posé sa tête contre Porky, et Tom Geist, debout devant la porte, nous regardait d'un air harassé, comme s'il nous avait assez vus.

– Vous vous rendez compte, je pense, qu'il vous est désormais impossible de rester ici. On ne peut plus assurer votre sécurité à Grove City. Vamp est mort, mais pas ceux qui l'employaient. Les tueurs à gages courent les rues. Si l'un d'eux tombe en mission, il est aussitôt remplacé par un autre.

– On ne pourra jamais rentrer alors ? C'est cela que vous voulez dire ? Nous allons devoir nous cacher toute notre vie ?

– Non. C'est terminé, a déclaré mon père. Personne ne sait ce qui s'est passé cette nuit. Vamp aurait très bien pu me tuer avant de mourir à son tour. S'il en était ainsi, ils n'auraient plus de raison de me rechercher. Ce qu'il nous faut maintenant, c'est un certificat de décès à mon nom. Comme ça, vous pourrez retourner à Norwood et y reprendre votre ancienne vie.

– Rentrer à la maison sans toi ! s'est exclamée maman. Ce n'est pas le moment de plaisanter.

– C'est pourtant une solution. Elle vaut la peine qu'on y réfléchisse. Tu avais raison de dire que nous serons obligés de nous cacher pendant le restant de notre existence. Tant qu'ils me croient en vie, je représente pour eux un danger.

– Hé bien, dans ce cas, recommençons une nouvelle vie ailleurs, a déclaré maman.

– Ce n'est pas prévu au Programme, a rétorqué Tom. On ne pratique le déplacement qu'une seule fois. Je peux à la rigueur vous obtenir de nouveaux papiers, mais aucune aide financière du gouvernement.

– Oncle Max peut nous aider, a dit Bram. Papa et lui sont des vieux copains. Si on lui demande...

– Ne te fais pas d'illusions, a coupé Lorelei. Maintenant qu'il n'a plus besoin de ton père, je doute que nous puissions compter sur lui.

– C'est peut-être la triste vérité mais de toute façon, Max n'a pas accès aux fonds du gouvernement. Si nous décidons de prendre un nouveau départ, nous nous assumerons nous-mêmes. Nous sommes désormais les seuls sur qui nous puissions compter.

– Et nous pouvons compter les uns sur les autres, a ajouté doucement maman.

– Oui... les uns sur les autres. Vous croyez que c'est suffisant pour se construire une nouvelle vie ?

Cette fois, il s'adressait à nous tous.

– Bien sûr, a répondu maman immédiatement.

Je n'ai rien dit. En fait, je n'étais pas vraiment sûre que ce serait suffisant. Mais avais-je le choix ? Y avait-il seulement un autre choix ?

– Tu penses qu'on peut réussir ? m'a demandé papa.

Ses yeux étaient pleins d'espoir et je savais qu'il avait désespérément besoin d'être rassuré.

En dépit de mes réserves, j'ai acquiescé d'un signe de tête.

– Cette fois, je choisirai mon prénom.

# ÉPILOGUE

La première fois que je l'ai rencontré au centre commercial, on était en décembre.

Aujourd'hui, ce n'est plus un inconnu ; il a un nom et une place bien à lui dans ma vie. À l'époque, c'était juste un garçon comme les autres, devant la vitrine d'un grand magasin au milieu de la foule des gens occupés à faire leurs courses de Noël.

Décembre est un mois qui engendre la nostalgie. Si l'on a enfoui au fond de son cœur un souvenir que l'on préférerait oublier, on peut compter sur décembre pour le faire remonter à la surface.

J'étais venue au centre commercial acheter les cadeaux de Noël de mon frère car ma mère, maintenant secrétaire dans une compagnie d'assurances, n'a plus le temps de s'occuper de ce genre de choses, ni ma grand-mère qui, elle, travaille à l'*Empress Boutique*, spécialisée dans la haute couture. Mon père n'a pas encore trouvé d'emploi stable mais, pour la période des fêtes, il a été engagé dans un magasin d'articles de sport, ce qui lui donne l'impression d'être revenu à son point de départ car il vendait des skis lorsqu'il a rencontré ma mère.

Moi aussi, j'avais un job, mon premier. Je l'avais pris pour gagner un peu d'argent avant Noël ; finalement j'ai décidé de le garder jusqu'à ce que j'obtienne mon diplôme. Le week-end, je suis serveuse au Burger King, c'est amusant, à part l'uniforme qui est affreux. Enfin, j'ai la chance de ne pas avoir les cheveux assez longs pour qu'on m'oblige à les ramasser dans un filet. Ils ont repoussé, mais ils ne m'arrivent pas encore aux épaules, il va falloir que j'attende un certain temps avant qu'ils retrouvent leur bonne longueur. Je me demande si ça vaut le coup, après tout. C'est tellement plus pratique comme ça.

Cette fois, j'ai joué le jeu serré, en restant dans mon coin, bien décidée à ne plus devenir trop intime avec qui que ce soit. Et puis j'ai vu ce garçon – grand, brun, dans une chemise de rugby rouge et blanche – et j'ai craqué. Il me tournait le dos. Je me suis arrêtée à ses côtés, devant la vitrine, et j'ai remarqué qu'il regardait un prisme en cristal.

En général, je n'adresse pas la parole aux inconnus, mais cette fois, je n'ai pas pu m'en empêcher. Je me suis entendue dire :

– J'en ai un, exactement pareil, et j'y tiens énormément.

Il est dans le tiroir de ma commode. C'est l'un des seuls objets qui me restent de Norwood.

Il s'est retourné, surpris, mais manifestement ravi :

– Ah, bonjour, je ne pensais pas que tu me reconnaîtrais.

Je ne savais pas du tout qui il était.

– J'étais assis de l'autre côté de la salle pendant tout le semestre, en cours de chimie.

Chaque fois que tu tournais la tête, j'essayais d'intercepter ton regard mais il passait à travers moi comme au travers d'une vitre.

– Je suis désolée. Ce n'était pas voulu.

– J'en suis heureux.

Il a souri ; une fossette s'est creusée au coin de sa bouche. Il n'était pas aussi beau que Steve, et, de face, il lui ressemblait beaucoup moins que je ne l'avais d'abord cru. Il n'en était pas moins séduisant, à sa façon. Il avait un visage ouvert, souriant, et des yeux clairs bordés de cils incroyablement longs.

– C'est un joli prisme. Tu veux l'offrir à ta petite amie ?

– Non, à ma mère. Tu crois que ça peut plaire à une mère ? Qu'est-ce que tu fais du tien ?

– Si tu le suspends devant une fenêtre, le soleil brille à travers. Le prisme décompose la lumière et projette des arcs-en-ciel. On dit que c'est un symbole de renouveau.

– C'est une belle idée.

Il ne regardait plus le prisme.

– En cours, je me disais que tu devais être nouvelle, sinon j'aurais déjà fait ta connaissance.

– Nous avons emménagé en septembre, juste avant la rentrée.

– Tu t'es déjà fait beaucoup de copains ici ?

– Ce n'est pas facile de débarquer en dernière année. Surtout quand on ne pratique aucun sport.

– Tu veux que je te présente des gens ?

Il essayait de paraître naturel, mais ses joues

étaient devenues écarlates. Qu'il rougisse m'a bizarrement touchée.

– Avec les vacances qui approchent, il va y avoir des tas de soirées.

Mon esprit s'est envolé vers une autre soirée – très particulière – où un garçon dansait avec moi devant un feu de bois, son haleine sentait le chocolat, un cheveu d'ange s'était mêlé aux siens. Je me suis cramponnée à ce précieux souvenir qui avait la saveur du premier amour. Puis je l'ai balayé pour le reléguer tout au fond de la caverne où j'avais déjà enterré mon passé.

– Ce serait sympa, j'adore les fêtes.

Ce soir-là, en rentrant à la maison, j'ai raccroché mon prisme.

## L'AUTEUR

Lois Duncan est américaine. Elle habite avec sa famille à Albuquerque, Nouveau Mexique. Depuis qu'elle s'est consacrée à l'écriture, elle a publié plus de cinquante livres, pour les jeunes et les adultes. Elle a reçu de nombreux prix littéraires aux États-Unis et ses romans sont traduits dans le monde entier.
Elle adore écrire des histoires à suspense, celles justement qui ont fait sa renommée.

COLLECTION

# Cascade

## CASCADE POLICIER

À L'HEURE DES CHIENS
Évelyne Brisou-Pellen.

ALLÔ ! ICI LE TUEUR
Jay Bennett.

L'ASSASSIN CRÈVE L'ÉCRAN
Michel Grimaud.

L'ASSASSIN EST UN FANTÔME
François Charles.

LE CADAVRE FAIT LE MORT
Boileau-Narcejac.

LE CHARTREUX DE PAM
Lorris Murail.

LE CHAUVE ÉTAIT DE MÈCHE
Roger Judenne.

COUP DE BLUES POUR DAN MARTIN
Lorris Murail.

COUPS DE THÉÂTRE
Christian Grenier.

DES CRIMES COMME CI COMME CHAT
Jean-Paul Nozière.

CROISIÈRE EN MEURTRE MAJEUR
Michel Honaker.

DANS LA GUEULE DU LOUP
Boileau-Narcejac.

LE DÉTECTIVE DE MINUIT
Jean Alessandrini.

DRAME DE CŒUR
Yves-Marie Clément.

UNE ÉTRANGE DISPARITION
Boileau-Narcejac.

HARLEM BLUES
Walter Dean Myers.

L'HÔTEL MAUDIT
Alain Surget.

L'IMPASSE DU CRIME
Jay Bennett.

LE LABYRINTHE DES CAUCHEMARS
Jean Alessandrini.

LA MALÉDICTION DE CHÉOPS
Jean Alessandrini.

MICMAC AUX MILLE ET UNE NUITS
Paul Thiès.

LE MYSTÈRE CARLA
Gérard Moncomble.

NE TE RETOURNE PAS
Lois Duncan.

L'OMBRE DE LA PIEUVRE
Huguette Pérol.

# COLLECTION Cascade

OMBRES NOIRES POUR NOËL ROUGE
Sarah Cohen-Scali.

ON NE BADINE PAS AVEC LES TUEURS
Catherine Missonnier.

PIÈGES ET SORTILÈGES
Catherine Missonnier.

POURSUITE FATALE
Andrew Taylor.

RÈGLEMENT DE COMPTES EN MORTE-SAISON
Michel Grimaud.

SIGNÉ VENDREDI 13
Paul Thiès.

LA SORCIÈRE DE MIDI
Michel Honaker.

SOUVIENS-TOI DE TITUS
Jean-Paul Nozière.

UN TUEUR À LA FENÊTRE
Stéphane Daniel.

LE TUEUR MÈNE LE BAL
Hervé Fontanières.

LES VISITEURS D'OUTRE-TOMBE
Stéphane Daniel.

LES VOLEURS DE SECRETS
Olivier Lécrivain.

## CASCADE PLURIEL

ES AILES NOIRES DE LA NUIT
Jean-Marc Ligny.

AMIES SANS FRONTIÈRES
Hélène Montardre.

LE CHEVALIER DE TERRE-NOIRE
Michel Honaker.
Tome 1
L'ADIEU AU DOMAINE
Tome 2
E BRAS DE LA VENGEANCE

ERWAN LE MAUDIT
Michel Honaker.

LA FILLE DE TROISIÈME B
Christian Grenier.

LE PIANISTE SANS VISAGE
Christian Grenier.

L'HÉRITIER DU DÉSERT
É. Brisou-Pellen.

MINI MAX ET MAXI DURS
Roselyne Bertin.

UNE VIE À TOUT PRIX
Roger Judenne.

Achevé d'imprimer en Février 1996
sur les presses de l'Imprimerie Hérissey
à Évreux (Eure)
Dépôt légal : février 1996
N° d'édition : 2704
N° d'imprimeur : 72311